# 幸せを声にのせて

今日も明日もアナウンサー

小堀勝啓
Katsuhiro Kobori

Apr.1972

桜山社
SAKURAYAMA SHA

アップダウンクイズで優勝！「やったぜ！」

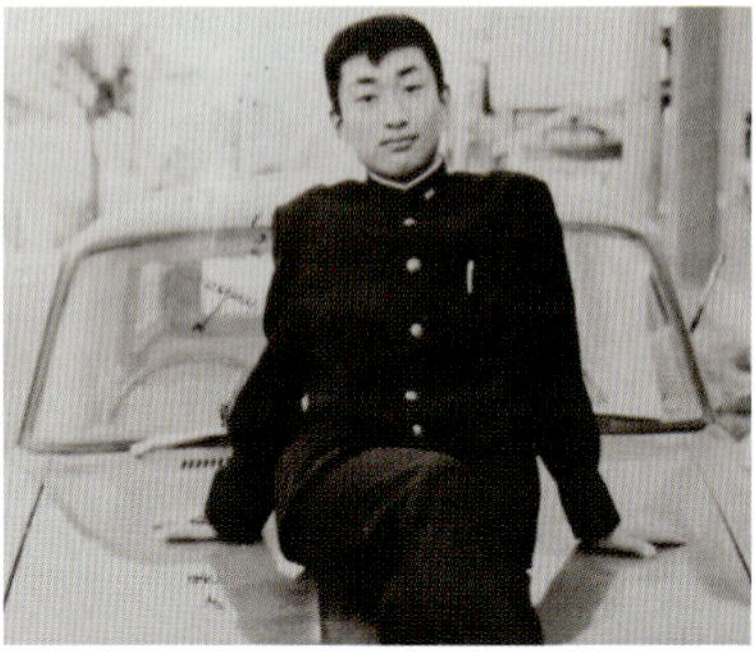

北海道の帯広で過ごした中学 1 年の秋。
学ラン似合う？

昭和 48 年 CBC 入局。髪が長いですネ！

CBC 入局後、配属はナント報道部。トコトン鍛えられたカメラマン時代。
隣りの同期はのちの「KOBORI-BAND」名ベーシスト

県警記者クラブで。真剣な表情のワタクシです

報道部からアナウンス部へ異動。ちょっとキンチョーぎみ

教会で結婚式。永遠の愛を誓いました。「ヒロちゃま愛してる」「僕も」

ラジオパラダイスでNo.1 DJ記念のトロフィー。
楽しかった「わ！WIDE」。リスナーに感謝

「アイコ十六歳」で映画に出ました（1983年）。用務員のおじさん役。こちらのほうが本職？

「わ！WIDE」の生放送中。リスナーの応援嬉しかったナ！　いっぱいおハガキいただきました

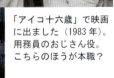

ボトムラインで行った「KOBORI-BAND」ライブ

サングラスをかけてキメる
メンバー

2005 年の愛・地球博（愛知万博）。出ることに意義があるのだ !!

今はなき CBC レインボースタジオからスタッフとともに

一日署長に就任。
帽子が小さいのか
顔がデカいのか…

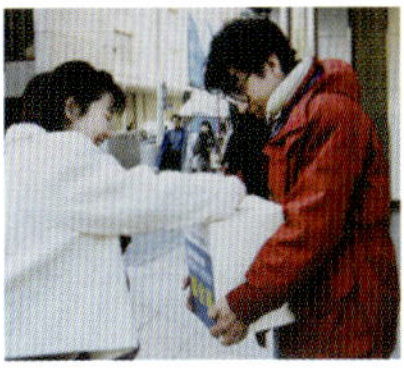

阪神・淡路大震災発
生直後。栄で募金の
呼びかけ

今も変わらず頼れるキレイな裕
加里姉さんは「ミックスパイく
ださい」のスタートからずっと
一緒でした

リバプール。ビートルズのホームライ
ブハウス「キャバーンクラブ」前のジョ
ンレノン像と

三代目「チャロ」を連れての旅行が息抜き

初代「チャウ」といっしょに童心に返って

二代目「チャコ」と見た紅葉はキレイだったなぁ

# 幸せを声にのせて

今日も明日もアナウンサー

小堀勝啓

# はじめに
―あっと言う間にこんな年!!―


局アナとして四十年勤め上げ、今はフリーアナウンサー。

毎週日曜日の朝七時から昼十二時まで五時間の生ワイド「小堀勝啓の新栄《しんさかえ》トークジャンボリー」を中心に、ラジオ、テレビ、ナレーション、ステージMC、講演などなど、今も現役で喋っている。

気がつけば前期高齢者の六十五歳を超え、僕の住んでいる名古屋市から高齢者手帳というのが配布された。公共施設でいろいろな割引が受けられるうえ、年金もギャラももらって、それでもまだ、あちこちからお声がかかるんだから幸せな人生です。

いろんな人に会えるし、いろんなとこへ行けるし、いろんな経験ができる。長いお付き合いでお馴染みのゲストもいれば、デビューしたばかりの初々しい人もいる。相性のいい人もいれば、苦手な人もいる。世界的に有名な方との出会いもあれば、市井《しせい》でコツコツと暮らしてきた方の人生に触れることもある。

話題の映画、舞台、ステージをいち早く見て、その感動を伝える喜びもある。出会いはいつも新鮮で、ドキドキと少しの緊張と大きな感動に満ちている。そしてなによりも楽しい！　天職とは、まさにこのことを言うのだろう。

アナウンサーでほんとに良かった、と日々感謝する毎日だ。人生を語るなんてガラじゃないが、そんな僕のこれまでを、ここらでちょっと振り返り、これから先のことも考えてみようという年齢になった。そんな六十五歳の春、ちょうどいい機会が訪れた。

ひとつは、この本の執筆。

出版社の社長は、足掛け十年やっていた夕方のテレビワイド「ミックスパイくださぃ」の元学生スタッフ。節目節目で近況報告のハガキをもらったり、街で顔見て「ヤァ」という関係が続いていたが、長年の夢だった出版社を立ち上げ「ついては何かひとつ」というお話をいただいた。

そしてもう一つは本業の放送。

六十五歳と言えば、僕が勤め上げ、今も仕事をしているＣＢＣラジオ（入社時は中部日本放送株式会社）と同じ。戦後、日本最初の民間放送局として産声を上げた局だ。

会社と同じ年ということで、在社時代も、節目節目で周年番組を担当してきたが、今回もそのお鉢が回って来た。

「さぁて何をやろう?」と企画会議。担当ディレクターは、今の番組「新栄トークジャンボリー」でコンビを組んでいる気心の知れた仲。会議と言っても、ほとんど雑談から入ってワイワイやっているうちに形になっていく。額にシワ寄せて肩に力入れても面白いアイディアは生まれない。

心身ともにニュートラルな状態で思いつくままに意見を出し合って、笑ったり脱線したり激論を交わすうちに、急にカチッとギアが入るものだ。こうやってできた番組は間違いなく面白い。逆にウンウン唸って無理やりひねり出した企画はなんか面白くない。

で、六十五年を切り口に、日本史、世界史、芸能史など「あ〜だ、こ〜だ」と体験も交えて話すうち、「小堀さんて、どうしてそんな六十五歳になったんでしょう。すごく興味ありますね」

「そんな六十五歳って?」

「マイナーからメジャーまで、映画、音楽、裏歴史、いろんなこと知ってて経験して、いちいち記憶力バツグンですよね。好きなことだけにムチャクチャ熱心で詳しいし。どんな生活してきたんですかねぇ？」

なるほど、若いしゃべり手たちに招かれて話すとき必ず聞かれるのも「どういう勉強したら、そんなに雑学が身に付くのですか？」

もっとカジュアルに言えば「なんでそんな変なことばっかり知ってるの？」ってことらしい。

番組にも「どうしてそんな変な曲ばっかり知ってるんですか？」というメールをよくいただく。僕としては、変な曲「ばっかり」じゃなく、変な曲「も」と言っていただきたい。変な曲の何千倍も「いい曲」を知ってるつもりですから。

ま、しかし僕の知識は、だいぶ偏った分野のものだし、聞いて儲かるようなもんじゃない。だけど、聞いてちょっとだけ愉快な気分になるし、「ねぇ、知ってる？」と人に言いたくなるような話を心がけている。

曲にしても、みんなが盛り上がるヒット曲はもちろんかけるけど、「誰が何のためにこんなヘンテコな曲作ったんだ？」と尻から力が抜けるような珍曲も毎週紹介している。いわゆる、コミックソングという類ではない。狙ったコミックソングは、たいがいつまらないものだから。

それより、作った本人は大真面目なのに、何かズレてる、見当はずれなのが面白い。

そんなトンチンカンな珍曲を毎週選んで「どうだ！」とかけてる。そりゃ何の得にもならんし「そんな六十五歳に何故なった？」と言われても仕方ないか。

あ、でも、「アップダウンクイズ」（ＭＢＳ）という番組の全国アナウンサー大会で優勝して、ハワイ旅行を手にしたことがあったっけ。雑学もたまには儲かるかなぁ……。

だけど、そんな個人の雑学話で番組になるんかい？と思ったが、根掘り葉掘り聞いてくるディレクター氏。まるでインタビューか精神分析を受けているような感じで問われるまま話しているうち、自分でも忘れていたあんな話、こんな話を思い出した。

そして僕の個人史、日本や世界の近代史、局の歴史、時代を彩るヒット曲などをリンクさせていくと、一本の番組になる道筋が見えてきた。

自分でも「なるほど！」と再確認した部分も多かった。

周年番組は月～金、五人のパーソナリティーが年代を分けて担当する。僕がトップバッターなので、まずは一九五〇～七〇年代前夜ぐらいまで、行けるとこまで行こう。それ以降は次の曜日にバトンタッチしよう、ということになった。

言わば「アナウンサー前夜のコボリと世の中は」という番組だ。

これがとても好評で「もっと詳しく」「早く続きを」といったメールをたくさんい

ただいた。そこで、この流れから始まり、その後のアナウンサー人生と今日に至る道筋を思い出すままに書き進めていくことにする。

つまり「本の執筆と番組」という二本の道が交わり、一本の太い道になったのがこの本というわけだ。

幸せを声にのせて　―今日も明日もアナウンサー―　目次



## 第一章　北海道で過ごした少年時代

## 第二章　アナウンサーになりたい



## 第三章　思えばよくしゃべってきたもんだ

## 第四章 「アイム・フリー」

## 第六章　今日も明日も楽しく幸せに

装画　茶畑和也
装丁　三矢千穂

# 第一章　北海道で過ごした少年時代

## え〜っ！　コボリさんて、アメリカ生まれ!?

テレビの戦後七十年番組を横目で見ながら打ち合わせをしていたときのこと。戦後間もない町並みや生活、その後の復興や高度成長、街頭テレビに群がる人々などに「あ〜、そうだったなぁ。お〜、こうだったなぁ。そうそう、こんなのあったなぁ」と感慨深い僕に、「え〜、見たんですかぁ？」と若い子が冷やかし半分のツッコミ。

「見たよ！　だってオレこう見えても、アメリカ占領下生まれだもんね」と返すと「え〜っ！　コボリさんアメリカで生まれたんですか？」という、トンチンカンな反応。そうか！　今の若い人は知らないか！

「いやいやそうじゃなくて、生まれた年はまだ日本がアメリカ占領下だったの！」と話すと目をまん丸くして「え〜〜っ!!」

そうなんです。一九五〇（昭和二十五）年は、太平洋戦争の敗北からまだ五年。日本はまだアメリカ占領下だったのです。

だから、当時の輸出品には「メイド・イン・ジャパン」ならぬ「メイド・イン・オキュパイド・ジャパン」と書かれている。つまり「占領下日本」という意味。サンフランシスコ講和条約に調印して主権を回復するのはその二年後、一九五二年になってからなのだ。

そのころを知る名古屋人は「戦後しばらく、白川公園のあたりはアメリカ村だった」という。アメリカ兵とその家族がカマボコ形の平屋に暮らし、クリスマスにはツリーが輝く別世界だったという。

高台の住宅地も例外ではなかった。愛犬の散歩で出会う近所のお年寄りが「この辺の大きなお屋敷は将校クラスの上級米兵の住宅に接収された」と話してくれ、「同じ年ごろの子と友だちになって、チョコやクッキーをもらったり、牛乳風呂に入れてもらったりした」とも言っていた。戦争はそんな昔のことではなかったんだなぁ、とつくづく思う。

そして僕の誕生日、一九五〇年六月二十六日。この日の新聞は、全国紙、地方紙とも「朝鮮戦争勃発」の記事一色でおおわれた。前日六月二十五日に、三十八度線を越えて北朝鮮軍が南朝鮮（韓国）に攻め込んだのだ。

日本の敗戦で植民地支配から解放された朝鮮半島は、西側のアメリカと東側のソ連（当時）によって北緯三十八度線で分割統治された。

そして一九五〇年六月二十五日の朝鮮戦争勃発だ。ソ連、中国の共産主義勢力は北朝鮮を応援、世界の赤化に危機感を持つアメリカは韓国を全面支援、境界の北緯三十八度線をめぐって激しい戦争に突入していったのだ。

無謀な軍国主義の暴走で大きな犠牲を払った日本としては穏やかでない。僕の父など「また戦争になるぞ」とずいぶん心配したそうだ。一般の日本人はみな同じ気持ちだったろう。しかし逆に、この戦争の特需景気で大きく潤い、日本の復興が急速に進んだのだから皮肉なものだ。

僕の世代に「戦後間もない生まれ」という自覚が希薄なのは、お隣の戦争でどんどん豊かになっていく頃に育ったせいだろう。

## のどかな実家の料理屋で育った

さて、僕の生家は叔父と父が二人三脚で大きな料理屋をやっていた。二階を「マデロン」というキャバレーに貸していて、電話は料理屋の帳場と板場にしかない。だからホステスさんがしょっちゅう電話を借りに来た。

今みたいに歩きながら電話できる時代じゃない。電話のある家は限られていたから、隣近所も「呼び出し」で助け合っていた。「お隣の誰々さんお願いします」と言うと「電話ですよ〜」と呼びに行く。

電話を使わせてもらってる方は、盆暮れに簡単なお礼を届けるという具合で、実にのどかな時代だった。名刺に名前、住所、電話番号、その電話番号の下に（呼）と記入している人もけっこういたのだ。

で、キャバレーのお姉さんに彼氏から電話が入ると上に呼びに行く。胸元の大きく開いたドレス姿で電話に降りてくるお姉さんに板場の若い衆が「お〜、寒い寒い。オッパイ見えるぞ！」と色めき立ったものだ。まだ四、五歳の僕も「オッパイ見えるぞ」と真似して頭をコツンとやられた。

故郷の北海道帯広市は十勝平野の中核都市。豆の産地として全国有数の地だ。豆の先物取引でアブク銭をつかんだ豆成金が大層な羽振りをきかせており、お座敷では芸者さんを揚げてどんちゃん騒ぎ、キャバレーも夜ごとの大賑わいだった。

二階のキャバレーからは、ペレス・プラードの「セレソローサ」「カプリ島」などのマンボ、ダイナ・ショウの「青いカナリヤ」などのポップスが大音量で流れ、料亭のお座敷からは芸者さんの三味線や手拍子で「お富さん」や「野球拳」などの歌声が聞こえてくるという、なんとも楽しく無茶苦茶な幼少時代だった。

## 子供のころのスターに会って

物ごころつくころから、良く言えばバラエティーに富んだ環境、悪く言えば猥雑な環境のなかで、意味が分からないままいろんな歌を聞き覚えで口ずさんでいた。艶っぽい流行歌も、聞こえたまんまのデタラメ英語も子供の口から出ればウケる。

大人が喜ぶ反応が嬉しくて、ホウキをギターに見立ててロカビリーの真似をしているスナップ写真もある。たぶん、うちの料亭の忘年会か何かだろう。

世はロカビリーブームに突入。日劇ウエスタンカーニバルでは山下敬二郎、ミッキー・カーチス、平尾昌晃がロカビリー三人男として大人気。後続の若手たちは、その後のアメリカンポップスの日本語カバーで売り出し、テレビの「ザ・ヒットパレード」が僕のお気に入り番組になった。

なかでもスリー・ファンキーズという三人組のファンで、クラスの仲良し三人と「浮気なスー」「涙の日記」なんて曲をパート分けして歌う休み時間だった。

ちなみにファンキーズのメンバーの一人、高橋元太郎さんはのちにテレビ「水戸黄門」でうっかり八兵衛が当たり役となった人。

名古屋の御園座で「水戸黄門」一カ月公演があったとき、幹事局のCBCが料亭接待をしたことがある。当時の黄門様役、西村晃さんはじめ、助さん格さんのあおい輝彦、伊吹吾郎、うっかり八兵衛の高橋元太郎、かげろうお銀の由美かおるといった皆さんがズラリ。

局側は当時の社長はじめ役員が並び、僕も末席に座っていた。「スリー・ファンキーズ」の話やファンだったことをいろいろ話したかったが、僕の向かいは出演者最若手「柘植の飛猿」こと野村将希さん。

下戸の野村さんは食欲一本やり。料亭のチマチマした会席料理を一口でペロリとたいらげては次の料理まで所在なさげにしている。退屈そうなので、もっぱら野村さんと話していた。そのうちお開きになったのが心残りだった。

## ザ・ヒットパレードから現代へタイムスリップ

さて「ヒットパレード」に話をもどそう。今の人がネイティブ顔負けの発音で器用にカバーするのと違い、この時代の洋楽カバーは全て日本語訳。

V《ヴィ》・A《エー》・C《シー》・A《エー》・T《ティー》・I《アイ》・O《オー》・N《エヌ》でお馴染み「ヴァケーション」や「可愛いベイビー」「悲しき街角」など数々のカバーポップスに珠玉の訳詞（というより超訳、ほとんど作詞）で生命を吹き込んだヒットメーカーが漣《さざなみ》健児さんだ。クリスマスソングの定番「赤鼻のトナカイ」も漣さんの詞によるもの。

ジーン・ピットニーのヒット曲「ルイジアナ・ママ」には「ビックリ仰天有頂天」とか「あたりきしゃりき」といった江戸前なフレーズが当てられており実に楽しい。

その漣さん、売れっ子作詞家は仮の姿、実は「ミュージックマガジン」を興し、日本の洋楽版権事業を一手に仕切った、シンコーミュージック・エンタテイメント会長・草野昌一さんというスゴイお方なんです。

その草野さんの晩年、番組でご一緒したときは実に感慨深く、その後、とても可愛がっていただいた。草野さんのご尽力で週一のオールディーズ番組を作り、毎回「ザ・ヒットパレード」で見ていたあの頃のスターたちが入れ替わり立ち替わりゲスト出演してくださった。

草野さんの実弟、浩二さんは腕っこきのプロデューサーで坂本九さんの「明日があるさ」をはじめ数々のヒット曲を世に出した方。浩二さんのセッティングで、ミッキー・カーチス、弘田三枝子、飯田久彦、尾藤イサオ、田代みどりといった皆さんに、日本のポップス黎明期の貴重なお話をうかがうことができた。

子供時代のあこがれのスターと五十歳を超えてから共演したのだから、やっぱりアナウンサーってステキな職業だ。

## 映画も心の栄養だった

さて一九五〇（昭和二十五）年〜六〇（同三十五）年は、日本の映画館入場者数が十億人を超えていた時代。僕が七歳〜十歳の頃だ。今と違ってＤＶＤで簡単に観られる時代じゃない。国民一人につき毎年十二回以上も映画館に足を運んだ勘定になる(当時の日本の人口は九千万人弱)。

僕の町にも十館ほどの映画館があり封切り館、三番館（やや古い映画の二本立て三本立て）、洋画専門館などに分かれ、どこも賑わっていた。

うちは繁華街にあったので、クラスメイトも商売屋の子が多く、学校から帰るとランドセルを放り投げ、連れ立って揚げ物屋の家に行く。そこで新聞の切れ端に包んだコロッケをもらい、映画館の子のところで食べながら映画を観る、という最高の環境だった。

友だちの家は三番館。東映のチャンバラもの、日活のアクションもの、新東宝のお色気もの、東宝の都会派喜劇、松竹、大映の文芸ものなどゴチャマゼのプログラムで何でも観られた。

のちに故大瀧詠一さんに東京の事務所でインタビューしたときには、新東宝映画の話でずいぶん盛り上がった。

日本語ロックの草分け「はっぴいえんど」のメンバーにして福生《ふっさ》の黄門様ことポップスご意見番、そして当時は大ヒットアルバム「ア・ロングバケイション」で押しも押されもせぬ存在だった大瀧詠一さん。その大瀧さんが「見た？『九十九本目の生《き》娘《むすめ》』」僕が「腋毛女優・三原葉子スゴかったですね！」と応じると「いや俺は万里昌代がご贔屓だったのよ」「ああ『女巌窟王《がんくつおう》』や『怪談海女幽霊』とかは二人のダブル主演でお得感ありましたよね」などと話が弾んだ。

このタイトルを見ただけで新東宝映画の猥雑な世界が浮かぶでしょ？ おかげで、とってもリラックスした雰囲気のなか、厚みのある音楽インタビューが録れた。まさに幼少期の原体験が仕事に生きているんだなぁと実感する。

子供だった僕には洋画は難しかったけど、十歳以上年上の従兄たちは、ジェームズ・ディーンの「エデンの東」「ジャイアンツ」とか「ＯＫ牧場の決闘」などの西部劇、オードリー・ヘップバーンの「ローマの休日」などに夢中だった。

## 子供時代の経験は財産

小学四年生まで、叔父一家、板場の若い衆などと大家族暮らし。店の帳場で働く従兄は給料で、ステレオやコーヒーサイフォンを買いそろえており、部屋は友だちのサロンのようになっていた。

その部屋でコーヒーを飲ませてもらい、映画音楽をステレオで聴き、従兄の友人たちが洋画をあれこれ批評し合うのを聞いているのは、背伸びした豊かな時間だった。

そんな映画全盛期は、毎週上映プログラムが替わる。それを友だちの映画館で観ては、翌日、その話を学校で身振り手振りすると大ウケ。その反応から、ストーリーそのものもさることながら、登場人物のセリフ、しぐさ、場面、カット割りの描写など、ウケるツボを知らず知らずのうちに身につけていった。それが今、映画紹介コーナーや、監督、俳優のインタビューでとても役立っているのだからありがたいものだ。

核になるシーンや、「ここ、ここ！　ここ観てよ！」というところを、直感的につかみ取ってぶつける質問は、どこへ行っても同じ質問で飽き飽きしてるゲストにとても喜ばれる。

おかげさまで、伊丹十三さん、森田芳光さんといった名監督に逆指名をいただき、楽しいお話がいっぱい聞けた。お二人ともまだまだ、いい映画をたくさん撮れる年齢で鬼籍に入られたのは残念な限りだ。

特に森田監督は年齢も、家が料亭という家庭環境も一緒で、監督とインタビュアーというより、同級生のような気分だった。

今も、是枝裕和監督をはじめ、映画のインタビューでたくさんのいい出会いをいただいているのだから、まさに子供時代の経験は貴重な財産といえる。

## 御三家、テケテケ、ビートルズ、そしてＧＳ

小学校高学年から中学にかけてはますます混沌の時代だった。

「平凡」「明星」の二大芸能誌が人気スターを取り上げ、中でも橋幸夫、舟木一夫、西郷輝彦の三人は「御三家」と呼ばれ大人気。

スポーティーなショートカットのヘアスタイルが流行り、板場の若い衆も真似て、僕も子供ながら真似して粋がっていた。

そんな中、ベンチャーズを筆頭としたエレキバンドがテケテケと登場、御三家筆頭の橋幸夫はじめ流行歌手もさっそく取り入れて和洋折衷エレキ歌謡も大流行した。

中学生になった僕は演劇部に入り、一年生で木下順二の「夕鶴」の主演を張るなど、目立ちたがり全開の日々。顧問の先生の口利きでＮＨＫ地元局のラジオドラマにも出るようになった。当時は第二放送でローカル枠の社会科ドラマが週一で放送されており、先生は「郷土の歴史」みたいな三十分ものの放送台本を書いていたからだ。

一回で五〇〇円の出演料がもらえ、当時の子供にとっては結構な実入りだった。この先生はＮＨＫ児童劇団の顧問もしており、僕は正式にオーディションを受けないまま客分のような形で定期公演に参加するようになる。今にして思えば、公務員である先生はバイトでこれをやっていたのだろうが、なんだかノンキでユルくていい時代だった。

ラジオのヒットチャートには、ベンチャーズも歌謡曲も映画音楽もごちゃまぜに流れており、高校に入る頃はクラスにボチボチとバンドを組む連中も現れた。国産の安い楽器でも当時としてはかなり高価。だから裕福な家のボンボンが周りに多かったわけだ。

もちろん、当時はエレキイコール不良、そして退学なんて図式が世間では一般的だったけど、僕のまわりでは、そうでもなかった。

高校の学園祭もバンド合戦の様相を呈するぐらいだったから。

母校の帯広柏葉高校は、もと旧制中学の地元名門進学校だが、中島みゆき、ドリームズ・カム・トゥルーの吉田美和、ＴＢＳの安住紳一郎アナウンサーといった皆さんの出身校。昔から、自由でノビノビした空気の学校だったのだなぁと思う。

高校では演劇部と放送部を掛け持ちして忙しい毎日のなか、誘われて近所の友だちのバンドにも入っていた。

ベンチャーズ中心のインストゥルメンタルバンドに、楽器の弾けない僕が誘われたのは家に舞台があったからだ。大広間を練習場に、僕は司会とタンバリンというトホホなポジション。これではいかんとギターを練習、コードを覚えてリズムギターに昇進（？）した。リードギター、セカンドギターに次ぐサードギターという微妙な立場だったが、ズンチャカズンチャカとリズムを刻み、なんとか恰好はついた。

そして時代はビートルズへ。

そのころは「９５００万人のポピュラー・リクエスト」というラジオ番組が大のお気に入りだった。いち早く入ってくる海外のポップチューン、アーティストのニュースや独占インタビュー、そして毎週入れ替わるランキングをワクワクしながら聞いていた。

パーソナリティーの小島正雄さんが実に都会的な紳士で、品がいいのに色気がある粋《いき》な方だった。端正な語り口なのに堅苦しくない。軽妙洒脱でありながら、くだけ過ぎない。たぶん育ちの良さそのものが人柄ににじみ出ていたのだろう。自分もあんなしゃべり手でありたいものだが足元にも及ばない。この方もまだ五十代で夭折《ようせつ》されたのは残念なことだ。

僕はたぶん、この番組で早くからビートルズを知ったのだと思う。そしていよいよビートルズ来日。

バンドメンバー全員で武道館ライブの模様をテレビで観た。別に、自分の家で一人で観ればいいようなもんだが、メンバーみんなで観るというのがバンドとしてのこだわりだった。

　こうしてビートルズにのめり込んでいったわけだが、そのビートルズ日本公演を招聘したのがＣＢＣ。のちにその会社のアナウンサーになったのだから、縁は異なもの味なもの。

　そしてＣＢＣ創立五十周年特番のプロデューサーを担当したときは、社史に残る偉業として、当然ビートルズ武道館公演にもスポットを当てたが、イギリス取材もして来いという破格の話。ご褒美旅行的意味合いもあっただろうが、景気のいい時代でもあったのだ。

　ロンドンではＥＭＩスタジオ（通称アビー・ロード・スタジオ）のスタッフが出迎えてくれ、館内を丁寧に案内してくれた。

「あの曲はこのスタジオで」「その曲はこうやって録った」といろいろ話してくれ、「そうそう、『イエローサブマリン』の効果音はここでも録ったよ」とボイラー室にも連れて行ってくれた。

　列車でリバプールにも取材に行き、ジョン、ポール、ジョージが通学で使ったバス通りを歩き、歌にもなった「ペニー・レイン」の通りや、救世軍の施設跡「ストロベリー・フィールド」にも行った。

そして彼らのホーム・ライブハウス「キャバーンクラブ」で地元バンドが演奏するビートルズのカバー曲を聞きながらビールを飲み、まさか自分がここまで来るとはなぁ、と感慨に浸ったものだ。

やっぱり、アナウンサーになって良かった!!

## ビートルズの仕掛け人

そういえば今年二〇一六年は来日五十周年。また周年企画ということで、日本でのビートルズ仕掛け人、高嶋弘之さんにインタビューもした。

東芝での初代ビートルズ担当。音楽はもちろん、髪形、ファッション、ライフスタイルなど社会現象としてのビートルズブームを演出していった方だ。

ちなみに「抱きしめたい」「涙の乗車券」「愛こそはすべて」「ノルウェーの森」などの邦題は高嶋さんがつけたものだ。

御年《おんとし》八十二歳とは思えない若々しさで、ネイビーのブレザーをスッキリ着こなし背筋をシャンと伸ばし早口で話すこと話すこと!

最初は人気に火のつかぬビートルズを何とかブレイクさせようと、あの手この手を使った話が面白い。

知り合いの服屋を抱き込んで襟なしスーツを何着か作り、それを部下たちに着せて銀座を闊歩させる。もちろん皆に前髪を下ろさせビートルズ風にして。中には髪の薄い人もいたがおかまいなし。それを写真に撮って新聞や週刊誌に流す。「東京は今、ビートルズルックの若者で大賑わい」という記事を大々的に書いてもらう作戦だ。

バイトを雇ってラジオ番組に大量のリクエストをするのは当たり前。当時は電話リクエストだから親戚の子を局のバイトに潜り込ませて、番組名がプリントされたリクエスト用紙を大量に持ち出させ、ビートルズの曲を書いては戻す、といった完全にアウトな話を楽しそうに話されるのでハラハラしながらも大笑いした。

中でもビートルズの滞在ホテルに、加山雄三さんと表敬訪問した時の話など活き活きして絵が浮かぶようだった。

部屋に入るとポール、ジョージ、リンゴの三人しかおらず、キンチョー気味に挨拶していると、いきなり加山さんを後ろから羽交い絞めにする男がいる。ビックリして振り向くとジョンで、みんなが大笑いして急に場が和んだという。この話は以前、加山さんに聞いた話とぴったり符号している。

「そのあと、部屋にルームサービスですき焼きを取ってみんなで食べたんですよね?」と加山さんに聞いた話を振ると「いや、私はすぐに別室で、マネージャーのブライアン・エプスタインとビジネスの話になってね。メンバーと食事したのは加山さんだけ。ご一緒できなかったんですよ」と残念そうだった。そんな生き証人に素顔のビートルズの話を聞けるなんて、やっぱりアナウンサーになって良かった、とこの時もまたまた思った。

さて、話をまた高校時代にもどすことにしよう。

## 結成!「KOBORI-BAND」

ビートルズ来日を機に、世はすっかりボーカルバンド全盛の時代。アマチュアバンドもどんどんボーカルを取り入れていく。そこで僕はリードボーカルという居場所を得た。そのころのスナップ写真には、ギター片手に松の木模様の幕を背に歌う雄姿がある。うちの大広間の舞台だ。

ボーカルになる前は、当時の人気テレビドラマ「0011ナポレオンソロ」のテーマを演奏、途中BGにして、ストーリーを語り、また演奏するなんて芸をやっていたのでコミックバンドみたいだったが、歌のおかげでバンドらしい体裁になった。

しかし、ビートルズのコードは凝ったものが多く、コーラスも無茶苦茶むずかしい。

だから比較的、恰好の着くアニマルズの「朝日のあたる家」「悲しき願い」なんかを誤魔化し誤魔化しやっていた。

やがて日本はＧＳブームに突入する。グループサウンズ時代の到来だ。僕らはさっそく「これだ！」と飛びついた。歌詞は日本語、メロディーやコードも歌謡曲っぽく、ビートルズに比べれば格段に簡単だったからだ。

のちのフォークブームにはエレキをアコースティックギターに持ち替え、大学時代はフォークグループとして、よその学園祭に歌いにいったりもした。

当時は若者二人が集まればギターを弾きながらハモる時代。

ベトナム戦争や70年安保の反戦・反権力のプロテストソングから、四畳半フォークと呼ばれる身辺雑事を歌う歌へと移行していく時代。

アマチュア学生が作って歌う日本のフォークは大人から、一過性の熱病ぐらいに思われていたが、どっこいそうはならず、しっかり根付いてしまった。今のＪポップの根の一本に、この流れがあることは確かだろう。

学生時代にプロデビュー、卒業しても就職せず、そのままミュージシャンになった人も多い。

「戦争を知らない子供たち」「あの素晴しい愛をもう一度」「なごり雪」「神田川」「翼

をください」「いちご白書をもう一度」などなど、キラ星のごとくある名曲は、エバーグリーンとして今も歌い継がれている。

曲だけでなく、歌っていたアーティストも今なお健在なのが素晴らしい。また当時のメンバーが一堂に会しての「青春のグラフィティーコンサート」というのがもう二十年近く続いており、一回目からずっと司会を務めている。

コンサートの仕切り役は南こうせつさんで、杉田二郎、森山良子、伊勢正三、武田鉄矢さんの海援隊、イルカ、ばんばひろふみといった皆さんが毎回ステージを飾り、日本ガイシホールは、アリーナからてっぺんまで満席になる大コンサートだ。フィナーレは毎回、オールキャストと会場のファンが一体となって青春フォークの大合唱となる。

学生時代、客席から見たり、曲をカバーしていた皆さんと親しく語り、一緒に歌うとき、またしても「アナウンサーになって良かった」と感慨に浸る僕なのだ。

好きで見たり聞いたりしていたことが、後に全部仕事に生きてくるから人生に無駄は一つもない。

下手な学生バンドの経験だって後に生きてくる。深夜番組「小堀勝啓のわ！ＷＩＤ

Ｅ」を担当してるときに、ディレクターたちとシャレで「ＫＯＢＯＲＩ－ＢＡＮＤ」を結成してしまったのだ。これは当時のＣＢＳソニーからレコードを出し、定期的にライブまでやって盛り上がり、業界バンドのハシリとなった。

その後、核になるメンバーに加え、ギターをもう一人とキーボードの七人編成になって現在に至っている。

このバンドは「活動せずとも解散せず」をモットーに今も何となく続いており、最近では二年前にボトムラインでライブをやって大盛況だった。

思い出したように何年かに一回、ライブをやりＣＤを出すという状態で、レパートリーは僕のオリジナル。下ネタ、親父ギャグ、ブラックジョークなどなどで、なかなか放送で流すという性質のものではない。それだけにライブではヒジョーにウケるわけです。

昔、番組でかけた曲を聞くと今なら完全にアウトだな、というのがいっぱいある。最初は普通の曲だったのに、だんだんパロディーばっかりになって、どんどんブラックになっていったのだ。

イーグルスの「テイク・イット・イージー」を下敷きにして「テクノロジーとスカトロジー」と繰り返すものや、ＧＳパロディー「首の鼻飾り」、往年の時代劇ヒーロー総出演のヘビーメタル「大江戸ヘヴィメタ三昧」といった馬鹿々々しくも楽しい曲ばかりだ。

前回のライブでは、当時ワイドショーをにぎわしていたゴースト作曲家・佐村河内某《なにがし》のパロディーなどもあり、番組とは違った僕のブラックな一面がウケているようだ。

実は後でゴスペラーズの酒井雄二さんに「あのライブ見ましたよ」と言われおおいに赤面してしまった。地元が愛知の酒井さん。たまたま帰省しており「ぴあ」か何かで知ってのぞいたという。あの時はマジで恥ずかしかった。

しかし我がバンド、歌の世界はハチャメチャなのだが、僕以外はかなり音楽レベルが高い。なにしろみんな社会人になるとき「就職すべきか、ミュージシャンになるべきか？」と悩んだほどの手練《てだ》れ。バックがしっかりしているからフロントマンの僕は実に楽だ。

先回のライブでは「メンバーが立って演奏できるうちに」とシャレで言っていたが、次は「メンバーが動けるうちに」となり、次は「メンバーが生きてるうちに」となるかもしれない。

まあ、早くした方がいいかなぁ……という年齢にはなってきましたが……。

# 第二章　アナウンサーになりたい

## とにかく目立ちたかった

さて、こう書いてくると学生時代は下手なバンドどっぷりの生活だったように思われるでしょうが、それはほんの一部分。ちゃんと勉強もして普通の学生生活を送っていた。

高校時代は部活の演劇部と放送部にますます本腰を入れ、なかなか充実した毎日だったと思う。もともとは中学からの流れで演劇部に入ったのだが、放送部の友だちに頼まれてナレーションをしたら、それが評判良く、自然に掛け持ちするようになったのだ。だから高校の演劇コンクールに出る一方、放送部ではNHKの放送コンクールにも出るという具合。

その放送コンクール朗読部門で課題の島崎藤村「嵐」を読み、これが地区予選で一位、北海道大会で二位、全国大会でも三位に入賞、このとき「将来の職業としてアナウンサーも有りだなぁ」と強く意識した。反面、まだ漠然と「役者もいいなぁ」という気持ちもあり、いずれにしろ目立ちたがり根性がいっぱいだった。

大学に東海大学広報学科を選んだのは、ここが日本で最初の民間FMラジオ局「FM東海」をスタートさせていたからだ。

「試験放送の実験局」という立場ながらすでにCMも認められており、毎日、音楽番組を放送している本物の放送局だ。「この大学に入って成績良ければ、そのままFM東海に入れるぞ！　就職試験なし。やった〜〜！」という甘い目論見《もくろみ》だったのだ。

ところが！　世の中そんなに甘くはない。入学して二年目、このアテは見事にハズレる。

「試験放送なのに広告収入が認められているのはおかしい」と当時の郵政省がイチャモンをつけ、これに対して東海大学は「これまでの実績が全く評価されていない」と反論。すったもんだの悶着のあと、このFM局は、出資企業を増やし、より公共性を高め、社名も「FM東京」としてスタートすることで決着、大学との直接の関係は解消してしまった。

僕としては二階に上がって梯子をはずされた気分だったが、そこはそれ、究極のポジティブ人間。さっさと頭を切り替え、昼は大学とバイト、夜はそのバイトのお金で専門学校に通い就職に備えていった。いわゆるダブルスクールというやつだ。

選んだ学校は、今の東放学園。もともとはTBSの教育事業本部が始めたもので、そのころはTBSアナウンス学院という名称だった。つまり「ここでいい成績だったら、そのままTBSに入れるかもしれない」と、またしても楽してオイシイ、甘い目論見があったのは言うまでもない。

　表現全般を学ぶ夜間の二年制学校で一年目はタレントコース・アナウンスコースの両方の授業、二年に上がるときどちらかに絞るわけだが、演技の実習も面白く、「役者もいいかなぁ」なんて、まだ心が揺れていた。

　しかし、実家が水商売で浮き沈みをイヤというほど見てきたから「イカン、イカン。もっと安定した生活をしなきゃ」と、最終的にアナウンスコースを選択した。「自己表現」という似た分野でありながら、安定収入のある放送局を取ったのだ。夢を追うロマンティストである反面、実利を考えるリアリストでもある僕の性格がよくあらわれている。

　こうして放送局だけを受け続けて、民法第一号のＣＢＣに無事合格することになるのです。

## 入ってからタイヘン報道部

　さあ、いよいよ憧れのアナウンサー生活のスタートだ！とワクワクしていたのに、研修が終わり、もらった辞令は「報道局テレビニュース部に配属」。ガ〜〜〜ン!!ニュースアナウンサーなのかなぁと思ったら「記者およびカメラマン研修をせよ」という。なんじゃこれは!?と思った。

当時の報道は、今ならパワハラで社会問題になること間違いなしのモーレツな部署、ここで徹底的にシゴカレた。特に大変だったのはカメラマン研修。今のように素人でもスマホで動画制作する時代じゃない。しかもカメラはフィルム。露出計で明るさを計り、目測で距離を決めて撮影するのだが、まずは勘が頼りの経験の世界。ズブの素人に務まるわけがない。真っ暗な映像だったり、逆に白飛びしたり、ボケボケの大ピンボケだったり、どう映ってるかは現像しなきゃわかんないんだから大変なことだ。そのうえ時間が勝負のニュース映像。毎日が綱渡りだった。

しかも、カメラマンは完全徒弟制。ニュース映画出身の年長者がほとんど。映画全盛期は本編の前に、五〜十分のニュース映画が上映されていた。テレビ時代になってその需要がなくなったための転身組だ。

新卒も専門の学校や学部を出た人ばかり。そのうえまだ朝鮮戦争従軍カメラマンとして銃弾をかいくぐってきた猛者までいて実にハードな世界だった。

「てめぇたちみたいなド素人が高価なカメラ触れるんだからありがたいと思え!」

と言われ続ける毎日。こっちは何にもありがたくない。イヤでイヤで仕方なかった。

「時代は映像の作れる記者を求めている」という大号令の下、記者としてもシゴかれ、愛知県警の記者クラブに配属。これがまた、他局はもちろん、新聞各社との特ダネ合戦などで「抜いた、抜かれた」のタイヘンな修羅場。

俗に「夜討ち朝駆け」と言って、夜中や明け方に事件担当の刑事さんの自宅に押しかけ、取材して来い！というとんでもない世界だ。実に非常識な話で、これは当然イヤがられる。水商売育ちは「人に喜ばれてなんぼ」が身に染みているから、これもほんとにイヤだった。

そうそう一度、県警記者クラブの泊まり勤務で逮捕されかかったことがある。当時、僕は肩まであるロングヘアにパーマをかけ、花柄シャツに白のサファリジャケット、ベルボトムジーンズで闊歩して、名物男になっていた。泊まり勤務のある夜、グリーンのパジャマで髪にカーラーを巻き（!?）洗面所で歯を磨いてたら、泊まりの若い警官が用を足しにきて「何だお前！　どっから入って来た！」と大変な権幕。

結局、記者クラブ室に一緒に来てもらって他社の記者さんに「あ、そいつここの人間だよ」と助けられ、ようやく納得してもらった。おかげで翌朝、取材に回っても「ゆうべ逮捕されかかったって？」と冷やかされて大変だった。

そんなこんなで「好きな放送局でイヤな報道の仕事」をする毎日だったが、一緒に配属された同期が学生時代にセミプロバンドのギタリスト。ウマがあったから愚痴を言い合ってとても助かった。

彼はのちに我が「ＫＯＢＯＲＩ‐ＢＡＮＤ」のベーシストとして活躍、今や悠々自適の日々を送っている。


そしてこの時代の何よりの、そして人生最大の幸運は生涯の伴侶となる妻と知り合ったことだ。彼女は北海道で高校教師をしたあと、実家にもどり局のフィルム編集室で仕事をしていた。先輩カメラマンにポンコツ呼ばわりされても、「こんなことをしたいんじゃない。早くアナウンサーにしてください」と堂々と反論する僕の姿が頼もしく思えたそうだ。彼女の理解と支えが今の僕を作っているのはまぎれもない事実。まさに「人間万事塞翁が馬」「禍福《かふく》は糾《あざな》える縄の如し」なのだ。

仕事はさっぱり面白くなかったけれど、就職した翌年、彼女と結婚して私生活は実に充実した幸せな毎日となった。

## 外のメシを食う

「外のメシ」と言っても外食やアウトドアランチのことではない。

局アナは自分の局のスタッフとの仕事、いわば「同じ釜の飯を食う仲間」との仕事がメイン。それでも外部からの仕事を頼まれ、初めてのスタッフや出演者とお仕事することがある。気心知れた仲間と違い他流試合というわけだ。仕事のスタイルの違いや微妙な肌合いの差に戸惑ったり、スゴイ人とご一緒して刺激を受けることもある。

こうして一皮むけると「やっぱり外のメシ食って苦労した甲斐があったね」と言うことになる。

フリーになると「外のメシ」ばっかりになるわけだが、早くから外部の仕事が多かった僕にはあまり違和感がなかった。

## ◆ドキドキのアメリカ取材

そんな僕でも、若いとき経験したＴＢＳの「おはよう７００《セブンオーオー》」はちょっと異質の「外のメシ」だった。同じ系列局とはいえ、初顔合わせのキー局スタッフと一カ月のアメリカ取材。これはちょっとキンチョーした。

一九七六年〜八十年に放送された「おはよう７００」は七時から一時間、ニュース、お天気、各局中継などのあるテレビのワイド番組。なかでも田中星児さんの歌う「ビューティフル・サンデー」にのって始まる海外取材コーナー「キャラバンⅡ《ツー》」は目玉だった。今ほど海外旅行が普通じゃなかった時代。レポーターはキー局から出ていたが、たまに系列局にもお鉢が回ってきた。

十分ほどの話題を月〜金曜で二週連続放送、計十本の話題を取材し、帰国して編集に参加、出来上がるとスタジオで前フリ、後ウケもするわけで、ローカル局のアナウンサーにとっては大抜擢だった。

僕の取材先はアメリカ。もっとキツイ発展途上国かなと想像していたからちょっと拍子抜けした。

ところが!! 誰でも知ってるような場所や話題では価値がない。アリゾナの奥地、ユタ州のハズレ、メキシコとの境界など、観光では行かないようなところが多くハードな毎日だった。しかも十本のうち決まっているのは七本分。「あとは現地で探そう! 出会い、あと意外性も大事だ!」というわけ。「コボリくんも何か面白いネタあったら出して」と言われ「いきなり外のメシで鍛えられるなぁ!」と身が引き締まった。

当時は「ポパイ」「ホットドッグ」なんかの若者向け雑誌が、こぞって西海岸《ウエストコースト》をとりあげていた。ニューヨークを中心とした東海岸《イーストコースト》は古い!と、若者はＬＡ《ロスアンジェルス》を中心としたカリフォルニアの文化風俗に夢中だった。

音楽もファッションも影響を受け、オシャレだが気取らぬ自然派、カジュアルなライフスタイルがウケていた。

その中に「ロスアンジェルスのベニスビーチでは、ローラースケートが若者の足」みたいな記事があったので「こんなのどうですかねぇ」と軽い気持ちで言ってみると、「じゃそれも一本」となった。これぞカリフォルニア！といった風情のサンタモニカ界隈はハリウッドセレブの住まいもある。なかなかテレビ的じゃないかということになった。

行ってみれば期待通り。男はTシャツ、女性はタンクトップ、下はほとんどの人がジョギングパンツで闊歩。通りを埋める観光客の間をぬってローラースケートですりぬけて行く若者たち。お〜、絵になるなぁ。

光ＧＥＮＪＩがローラースケートで「パラダイス銀河」を歌いブレイクするのはこの十年もあとのこと。当時の映像としては新鮮だった。

明るいビーチ、太陽と真っ青な空。通りは色とりどりのファッションショップやオシャレなカフェが並んでいる。通りのそこかしこでギターを弾いて歌う人、ブレイクダンスを披露する人、パントマイムやマジックを披露する人などがいっぱいだ。そう、ここはストリートパフォーマー発祥の地でもあるのだ。

なんとなく撮っても十分ぐらい持ちそうだったが、ディレクターが「コボリくん、ローラースケートできる？」「え〜〜！　イヤやったことないです！」

なにしろ自他ともに認める運動音痴。滑って転んで頭でも打った日にゃアウトだ。スタッフはお構いなしでレンタルスケートの手続き。僕も腹をくくって足を通す。恐る恐る立ち上がるが何だかコワイ。情けなく見えたのか、金髪にソバカスの女の子が、「こうよ！　ほら」と手をつかんで引っ張ってくれた。

「おいおい！　何するんだ」と思ったが、カメラマンが笑いながら撮り始める。「ままよ！」と手を引かれながらアレコレ見て歩く。するといきなり「じゃぁね！」と女の子はスイスイどっかへ行ってしまった。いきなり放り出されて途方にくれながらヤケクソで滑っていったが何とかなるもんだ。すっかり気を良くしてレポートを続けた。

考えてみれば北海道・帯広市の出身。オリンピック金メダルの清水宏保選手をはじめ、スピードスケートの有名選手を数多く輩出しているスケート王国だ。冬は連日マイナス十度以下、もちろん屋外のスケートリンクだ。だから小・中学校の冬の体育はスケートばっかりだった。クラスでは一番の下手くそだったが、まさかあの経験がカリフォルニアで役立つとは思ってても見なかった。

こうして気分よく取材を終えてモニターすると……。何とも情けないへっぴり腰でガッカリ。「ひぇ～カッコ悪い～！」とつぶやいたら「上手かったら面白くないよ。

本気でやっててカッコ悪いから面白いんだよ」とディレクターに言われ、そんなものかなぁ、と納得した。

　この番組のメンバーはディレクター、カメラマン、音声さん、通訳、そして僕の五人。いわゆる一《ワン》カメ取材という最小ユニットだからみんな一人何役もこなした。最年長のディレクター氏はもっぱらレンタカーの運転手役。普段あまりハンドルを握らない人が慣れない左ハンドル右車線、しかも片側五、六車線のフリーウェイを運転するんだからコワイのなんの。

　次が一般道への降り口とわかっていてもビュンビュン飛ばす周りに気おされて車線変更もままならぬ。「次、次！」と地図を見ながら必死で叫んでも「あ〜〜っ！」と言いながら通り越してしまう。なにしろ大きな国だから次のインターの遠いこと遠いこと。毎日がヘトヘトでベッドに潜り込んだ。ネタ探しのときは宿も決めず放浪したからホテルも予約なし。

　テキサス州ダラスのホテルではこんなことがあった。笑顔満面のフロントマンに「申し訳ございません。本日は満室でございます」と断られた。もうヘロヘロだったのでロビーで地図見ながら休んでたら、年配の白人夫婦が「部屋はあるかい？」。件《くだん》のフロントマン、「もちろんですとも」と手続きしている。

え〜！　部屋あるじゃんと聞きに行ったら、「あ〜、申し訳ございません。タッチの差でした。キャンセルが出たんですが今、埋まりました」「ホントはあるんじゃないの?」と食い下がったら通訳さんが腕を引っ張る。「え?」と聞いたら「人種差別です」と言う。彼は日本の放送局で仕事したあと退社して留学中の人。南部ではよくあることで、自分も何度か経験したという。しかも黒人の人に対する露骨な差別と違い、日本人にはやんわりと、しかも慇懃無礼《いんぎんぶれい》な笑顔でヤラレます、とのこと。

南部の人は体もすごく大きく、便器の位置も高い。その大きな人たちが独特の目つきでニヤつきながらこっちを見てヒソヒソ話しているのは何となく気分のいいものではなかった。結局、アクション映画で追われる主人公が身を隠す安宿のようなモーテルを見つけ、「ヤレヤレ」とシャワーを浴びた。

この取材はすごい経験が多く、当時はあったロス郊外の「フリーシューティング・エリア」もその一つだった。

文字通り、どこで銃を撃ってもいい屋外のエリア。今はどれだけネット検索しても見つからないから、もうないのだろうか。

半信半疑で探しに行くと「危険！　注意」「フリーシューティング・エリア」の表示。

用心しながら進むと、家族連れ、カップル、仲間どうしで本当に銃を撃っているではないか!! 殺気立ったものではなく、まるでピクニック気分だ。なんぼアメリカでも、そりゃないぜ！の光景だった。小さい子供もお父さんに教えてもらって撃っている。

撮影しながら話を聞くと「アメリカ人のたしなみ」みたいな返事がかえってくる。ここでよく事故が起こらないものだと心配になってしまった。

そして「お前も撃ってみろ」といくつか試射させてくれた。よく振ったコーラの缶を対岸に並べ、こちら岸から撃つのだが、引き金をひいたとたん当たるか外れるかわかるのが不思議だった。初めてなのによく当たり、缶がプシュッと弾ける。「うまいな！」と誉められ調子にのって撃っていると、「コボリくん、嬉しそうに見えてイカン！」とディレクターの声。

「銃社会アメリカを考える取材だからハシャイじゃダメ！」

なるほどそうだった。田舎のコンビニのレジの横にも無造作に銃が置かれているのを何度も見た。いくら銃規制を呼び掛けても、全米ライフル協会などタカ派の圧力団体の力で銃はなくならない。

アメリカ開拓使は銃の歴史。先住民や敵対勢力と銃で勝ち取ったものを銃で守り続けている国だ。アメリカの無差別発砲ニュースを見るたびに、あの時の取材を思い出す。

## ◆熱気球のなかの二時間

とはいえアメリカは無邪気な国でもある。

「世界の熱気球の聖地」と名乗るニューメキシコ州アルバカーキの取材も忘れられない。明け方の気温が下がるこの地は、温度差を利用して楽しむ熱気球には最適。早朝からマニアが集まる。

まだ薄暗いうちに到着すると、広大な平地のあちこちに色とりどりの熱気球がしぼんだまま広げられている。八畳ぐらいの大きなもので、下にガスバーナーと二畳くらいのゴンドラが付いている。

明るくなってくると、それぞれが巨大な扇風機で自分のバルーンに風を送り始める。バルーンは底のない風船のようなもので、底は口が開いたままのアッパラパー。そこにものすごい勢いで風を送り続ける。そのうち空気でだいぶ膨らんでくる。首を傾げたタコの頭のような状態になるとバーナーに点火して空気を暖める。暖かい空気は上昇するから徐々にバルーンが立ってくる。風を送りつつバーナーの火を調節して空気を暖め続けると、いよいよバルーンは立ち上がりゴンドラが浮き上がる。ここで係留している綱を解きゴンドラに飛び乗る。ゴンドラは暖かい空気でどんどん上っていくわけだ。

取材プランでは、僕が手伝いつつ飛び乗って上がり、カメラクルーはそれを撮ったあと、別の熱気球で飛び、上空で僕のバルーンを撮るという段取りだ。なにせ一カメ取材だから、これしか仕方がない。

ところが！　熱気球が思ったよりずっと早い！　飛び乗るとあっという間にピューッと上がってしまった。手を振るとか「行ってきまぁ～す」といったリアクションの間もない。みるみる下のクルーが小さくなっていく。さて上空は遥か遠くにいくつものバルーンが浮かんでいてとてもきれいだが、どれがカメラクルーなのか全くわからない。僕のバルーンのおじさんに「もっと近寄れないの？」と訊くと「あまり近寄ると絡まって事故のもと」だという。なるほど、だからみんな時間差で飛び立つんだ。しかも上では風任せ。焦っても仕方ない。まあどこかから望遠で撮っているだろうと思い腰を落ち着けた。

実にノンビリゆったりした時間が流れてゆく。エンジンも舵《かじ》もついていないから実に静か。空気が冷えて降下しかかるとバーナーの火を強め空気を暖めて上昇する。バーナーの火力を強めるときのボーッっという音がするだけ。

おじさんと二人っきりだから、ありったけの英語を持ち出して会話する。おじさんも、なるべく簡単な英語で根気よく話してくれる。家族のこと、仕事のこと、好きな食べ物、趣味、ペット……。そのうち単語も尽きて、無口な二人になった。ときどき下の景色を見て「アレは何々」「これは何々」と説明してくれ、「お～キレイ！」「でかいね！」などとポツリポツリ。いい感じにまったりと一～二時間が流れていった。

そのうち、おじさんは地図を見ながらバーナーを閉じたり開いたりしながら風向きを見たりしている。そして突然、「いいか。しっかりつかまってろよ」とゴンドラの手すりを差す。「え！」と身構えると、バーナーを閉じる時間が長くなりバルーンが高度を下げていく。ときどき空気を暖め調節しながら浮いたり沈んだりを繰り返し徐々に高度を下げてゆく。トランシーバーで下とやりとりしながら、どうやら着地予想点を連絡しているらしい。

いよいよ地面が近くなり「伏せろ～！」と言われるうちゴンドラが着地。二回、三回とバウンドしながら萎んでいくバルーンに引きずられ倒れるゴンドラにしがみつく。優雅な飛行中に比べ、なんと乱暴な着地か！　止まったゴンドラから顔を上げると遠くから土煙を上げて車が走ってくる。仲間が回収に来たのだ。

ヤレヤレと思って手を振っていると、迎えの車にはうちの取材班。もう撮っている。あとで聞いたら「上がってもどこにいるか探すのは無理」と言われ開き直って下にいたそう。カラフルなバルーンの乱舞や人々の表情など苦肉の映像を撮りまくり、シメは降りた僕の安堵の表情に賭けたという。

現地の人たちに「さあ跪《ひざまず》いて目を閉じて」と言われ従うと突然頭から冷たいものが！「ひゃぁ！」と目を開けると頭からシャンペンをかけられていた。みんなゲラゲラ笑いながら「おめでとう！　キミもこれで立派なアルバカーキ熱気球市民だ」と祝福の拍手をしている。「いい感じにまとまった」と取材班に言われ、「なんとかなる」とゆったり構えることも、外のメシを食って身に付けた。

「コボリさんはどんなときもパニくらないですね」と言われるユルさはこの取材で身に付いたものかもしれない。

## 三百五十日の夕飯

「一年のうちだいたい三百五十日ぐらいは家で夕飯を食べるよ」と言うと「え〜!!」と驚きの声。ロケバスで移動中の雑談でのことです。

制作会社のプロデューサー氏は「俺なんかたまに家で夕飯になると滅茶苦茶キンチョーしますよ。どこに座ったらいいんですか？って感じ」と真顔。

「じゃ家で夕飯食べないの？」と聞くと「う〜〜ん、年に三、四日……。大みそかと正月とかかな」

隣から代理店の人が「俺なんかこないだ、カミさんの身長あらためて知ったんですよ。いつもカミさん寝てから帰るし、俺出るときカミさん、ソファに寝っ転がってテレビ見てるから。久しぶりに立ってるカミさんと話したら、あ、カミさんの身長こうだったかって思ったんですよ」だって。

「ほんとかなぁ。ネタでしょ?」に、「いや、ホントですよ。逆に聞きますがコボリさん、毎日、奥さんと何話してメシ食ってんですか?」

「え〜? 今日あったこととか、美味しいねとか他愛もない話やニュースや腹立つ話とかいろいろあるでしょ」と答えると、「信じられない!」というリアクション。

「じゃ家で夕飯しない十五日はどこでいつ食うんですか?」

「リスナーさんとの旅企画が春は海外に一週間、秋は国内で三日間、あと打ち上げとかグルメ取材とか仕事メシが少しあるかなぁ。あ、厳密には奥さんと外食ってのがあるから、もう少し多いかなぁ、家じゃないメシ」

「イヤイヤ、奥さんとの外食は家メシと一緒でしょ」

「え? そうなの?」

と、なんだかチグハグな会話だった。何にしても家の味は常の味。これが一番、体にしっくりきて美味いんです。ロケバスの中での小さな世界の話でした。

## 伝説の巨人たち

入社したのが日本最初の民間放送局。日本の民放創成期の大変さ、面白さをたくさんの先輩たちに聞かされた。

中には今だと完全にアウトな話も結構あって、しかもまだその当人が在籍中だったから不思議な感じだった。

創立当時は世間もかなりユルイ時代。そのうえ切った張ったを取材する報道、芸能界と太いパイプの制作などが幅を利かす職場だから、無頼を気取る人も多かった。当然、各部署に名物○○と言われる人がいて武勇伝にはこと欠かなかった。

そんな方たちも退社して久しいし、中にはもう鬼籍に入られた方もいらっしゃる。だから今や完全に時効の話。「何でもありの時代だったんだなぁ」と昔話を聞くつもりで読んでいただきたい。

## ◆泣く子も黙るプロデューサー

今はディレクターとアナウンサーの地位は一応、対等。もちろん年齢差やキャリア、先輩後輩などで長幼の差はあるが、ムチャクチャ恐いって感じではないようだ。

しかし僕らが新人アナの頃は上下関係が明確。アナウンサーの上にディレクター、ディレクターの上にプロデューサー、という感じで厳然たる上下関係があった。中でも大手芸能プロ各社から恐れられ、尊敬もされたある敏腕プロデューサーは、管理職さえ頭が上がらないコワモテだった。ディレクターたちはもちろん、ほかのプロデューサーも一目置く風情。もちろん下っ端のぼくらはピリピリしていた。

あるとき、何かのプレゼントが当たったリスナーから「いつごろ届きますか？」という電話があった。バイトくんがその電話を受け件《くだん》のプロデューサーに伝えたところ「バカヤロウ！　大人は忙しいんだ。黙って待ってろって言っとけ」

一カ月ほどして同じリスナーから「だいぶ待ってるんですけど、いつ頃になりますか？」との問い合わせ。バイトくんが伝えると「バカヤロウ！　タダでモノ貰うのにウダウダ言うなって言っとけ」

そして半年、改変期でその番組が終わるのでガマンして待っていたリスナーから「番組終わっちゃうんですけど、いつ届きますか？」と催促。バイトくんが伝えると「バカヤロウ！　今ごろ言って来たって番組終わっちゃうじゃねぇか」

今なら大問題だが、周りは「〇〇さんにかかっちゃかなわねぇな」と苦笑いしていたからスゴイ時代だ。

これだけ書くとトンデモナイ人のようだが、修羅場をくぐって来た叩き上げだけに、人情に厚く面倒見のいい人でもあった。だから数々の芸能人にも愛されていたわけで、売れない駆け出しの時代から目をかけた人は大物になっても「○○さん、○○さん」と慕っていた。

制作部の若いディレクターは、いろんな現場に中継に出されるが、相手方にきちんと話を通しておかないと失礼にあたるし、場合によっては大きなトラブルになることさえある。中でも気を使うのは雑踏取材。きちんと根回ししてお願いしておかないとテンヤワンヤ、無茶苦茶になってしまう。大忙しで殺気立っているから大変なのだ。

そんなお祭りや縁日でにぎわう屋台取材のときは露店を仕切る責任者の方に、事前のお願いに行く。必ず「これでお礼を買って行け」と支払い伝票を手配し、「手土産は必ず日本酒。一升瓶二本に五合瓶一本をいっしょに束ね、熨斗《のし》をかけたものにしろよ」「なんでですか？」と訊くと「バカヤロウ！　升々半升《ますますはんじょう》じゃねぇか。な？　増々繁盛に通じる縁起かつぎ。商売の人はこういうの喜ぶの」

なるほど一つヨロシクとこれを差し出すと「おっ！　若いのに気が利くな。よし、まかしときな」とポンと胸をたたいてくれ、万事、スムーズにいった。

この人に一度、アナウンサー、若手タレント全員がものすごく怒られたことがある。

とある市の市民ホール完成記念でラジオ公録と歌謡ショーがあり、各番組の若手たちも総出演でステージを飾った。祝賀ムードのなか、客席は満員。各自、張り切って練ったネタでおおいに盛り上がり、「おたくの若手はやるねぇ！」と主催者側も大喜びだった。局に戻り、片付けをしながら「今日はスゴク出来が良かったよね！」などと口々に舞い上がっていたら「てめえらちょっと来い！」とお呼びがかかった。てっきり打ち上げに連れて行ってくれるのかと思ったら「そこに並べ！」と横一列に立たされた。みんな「なんで？」と直立不動。

「お前らなぁ、勘違いもいい加減にしろよ。ちょっと喋れるようになったからっていい気になるな！　終わってさっさと帰りやがって。誰一人、照明さんや音響さんに〝おつかれさま〟の挨拶しなかったろう！　てめえらみたいな半人前が、舞台で映えるように明かりと音くれてるんだぞ！　それもわからんならヤメちまえ！」

これはこたえた。みんなピリッと気が引き締まり深く反省した。

以来、今日に至るまで、どの現場でもイベントの後は裏方さんに必ず声をかけてから失礼することにしている。

恐いけれど、笑うと愛嬌のある日に焼けたキューピーみたいな人だった。

## ◆酒は飲むべし飲まれるべからず

深夜放送ハシリの時代。その時間は若者向けではなく大人の時間で、しゃべり手もディレクターも中堅の大人世代だった。

二人ともイケる口で、飲み仲間でもあったらしい。その日は夕方に出社して二人で打ち合わせがてら夕飯。そのとき、どちらからともなく「軽く喉、湿らそうか？」とビールをとった。そうとう強い人たちだから、ビール一本ぐらいはどこに入ったかわからない。

ついもう一本、まだもう一本とずいぶん飲み始めた。時計を見ると本番まではまだ二〜三時間ある。「もう一本」「あと一本」を繰り返すうちベロンベロンになってしまった。もはや何のために飲んでいたか忘れて、外に出て「じゃぁな」と別れてしまった。二人とも帰ってしまっては番組にならない。

けっきょく、泊まり勤務の技術者が延々とLPレコードを流し穴を埋めたという。

この話は「違う！」とクレームをつけたのが当のアナウンサー。ご本人から直接聞いたのだが、ディレクターは帰ったが「オレはなんかひっかかってさ。で、あ、そうだ本番だ、と思って局に帰った。そして選曲のためにレコード室でレコードを聴いていたんだ。で、そこで寝てしまって本番を飛ばしたんだよなぁ」というわけ。ま、結局、番組は飛んだわけで、結果は変わらないわけだが。

この方も普段は実に気持ちのいい、良き先輩であった。

## ◆今ならタイヘンなことになります

これもアナウンサーの先輩だが、あいさつ代わりに女性アナのお尻を撫でる人がいた。配属されたばかりのころ、初めてその現場を見たときはとてもビックリしたものだ。

なにしろ、あまりに自然に「○○ちゃん、おはよう！」と言いながらお尻をペロンと撫でるので、撫でられたほうも笑顔で「ヤン！」とか言ってる。「この部はいったいどうなってんだ！」と信じられなかった。

今なら即、セクハラで提訴され査問委員会、処分、下手すりゃ解雇。新聞沙汰にさえなるかもしれない。

コンプライアンスがうるさくなったころは、現場を離れたエライ人になっていたが「今ならオレ、懲役六○○年だなぁ」とアッケラカンと笑っていた。

この話だけだと実にイヤなスケベおやじのようだが、お尻を撫でる以外は深入りもしない人で、どういうわけか女性にも人気があった。

またアナウンサーとしての実力は一級で、力のある後輩は男女の区別なく可愛がった。そのぶん、技量の劣る人には先輩でも容赦ない人で、ある意味、痛快な面もあった。

あるとき若いアナウンサーがニュースで「二人組《ふたりぐみ》の強盗が〜」と読んだのを、先輩が呼びつけ万座の中で「お前なぁ、日本語的には二人組《ににんぐみ》じゃないかなぁ。お遍路さんの笠に「同行二人《どうぎょうににん》」って書いてあるでしょ？　意味知ってる？　一人でも弘法様といっしょという意味だよ。ここはやっぱり〃ににんぐみ〃じゃないの？　プロのアナウンサーなんだから」とネチネチ言い始めた。「そうでも言い方が感じ悪いなぁ」と見ていたら尻撫での先輩が言った。

「たしかにそうでしょうけど、ふつうの会話で〃ににんぐみ〃は気持ち悪いですよね。それに三人でも四人でもない、二人だとわかるから〃ふたりぐみ〃でいいんじゃないですか」

言い方が尻撫でと同じぐらいスッと自然だったので同行二人説の人も「そんなもんかねぇ」で収まってしまった。

今もニュースでたまに「ににんぐみが」というのを聞くとこの人を思い出す。

## ◆「いる」のに「いない」人

いっしょにテレビ番組をやっていた若い芸人さんが、ある時「コボリさん、コボリさん、この局にニュースで机の下にもぐっていなくなったアナウンサーおったってホンマでっか？」と、訊いてきた。

スゴイことを聞いて興奮している子供のような顔だ。隣で相方が冷めた顔で「そんなんあるかい。ネタやろ、ネタ。お前アホヤからハメられたんやて」と言っている。

訊けば大阪の局の人と話していて「名古屋のＣＢＣでレギュラーやってる」と言ったら「あそこに、こんな人おったんやで」と言っていたという。

「え〜〜！　今もその話、出るんだ」と僕が言うと「やっぱりホンマやったやぁ」と嬉しそうな顔。相方は「なんでそんなことになりますのん？」と不思議な顔。

これにはちょっと説明がいる。

その当時、夜おそくのテレビニュースには「顔出し」と「タイトル」の二種類があった。「顔出し」は今もあるニューススタイルの定番。まずアナウンサーが映り「リード」と呼ばれる、ニュースの概要を伝えたあと、ニュース映像が流れるパターン。

一方、「タイトル」は文字どおりニュースのタイトルが文字で映る。例えば「〇〇町で〇〇の収穫始まる。今年は例年並み」といった具合だ。そして、そのタイトルが出ているあいだに、アナウンサーが影アナと呼ばれる形でニュースのリードを読む。そのあとニュース映像が流れるもの。

「顔出し」はスーツにネクタイだが「タイトル」は顔が映らない。したがって泊まり勤務のときなど、ラフな格好でニュースを読む人もいた。「顔出し」か「タイトル」かはその日になってみないとわからない。ニュースの大小、ニュース映像の撮れ高で決まっていたのだろう。僕の時代でも「タイトルニュース」はまだあった。

さて、この先輩の不運はこの日の夜ニュースで「顔出し」を「タイトル」と思い込んでしまったこと。ランニングシャツ姿でスタジオ入り、マイク前に座った。いざ本番になりリードを読もうとしてモニター画面を確かめると、タイトルではなく、ランニング姿の自分が映っているではないか！

ビックリした先輩は「イカン！」と思わず机の下に隠れてしまったというわけ。あとには無人のスタジオにマイクだけがポツン！

驚いたのは隠れた本人だけではない。スタッフも驚いた。そして視聴者も驚いた。この話を切り出した芸人さんも「やっぱりおったんやぁ」と驚いた。そして大笑いしながら感動しきり。冷静な相方は「ほんまやったんやぁ」と、これまた感慨深げな顔だった。

昔はほんとうに伝説の人々がいたものだ。今は常識人が多くなった分、番組も小さくまとまった時代になった。これからは、もうあんな人たちは出てこないだろう。

# 第三章　思えばよくしゃべってきたもんだ

## あこがれのアナウンサーに

バラ色の私生活と灰色の会社生活を送っていた社会人二年目の春、人事異動で突然、アナウンス部へ配属された。周りには「そんな人事は有り得ない」「今の部署に異を唱えるとサラリーマン生活はアウト」「悪くすると僻地《へきち》へ飛ばされるぞ」と脅され、半分、自分でも諦めていた矢先だ。

アナウンサーから他部署へ異動になる例はよくあるし、そのあとまた帰り新参でアナウンサーにという例もある。しかし、スタートがよその部でアナウンス部へ異動する、と言うのは前例がないという。

アナウンサーには専門的知識や技術が必要だが、別に何か特別な免許や資格があるわけではない。会社が「はい今日からアナウンサーね」と辞令を出せばアナウンサー。逆にアナウンサーが「明日から営業ね」という辞令をもらえば営業部へという身分。それがイヤなら「辞めていいよ」というわけで、華やかに見えてもそんなもんだ。

## 「退路」を断ってアナウンス部へ

さて、憧れのアナウンス部へ配属され今までのように「これは我が天職にあらず」の態度は通用しない。ここでダメなら「口先ばかりのクレイマー」の烙印をおされてしまう。いわば退路を断たれたような気持ちで身も心も引き締まったのをおぼえている。

すでに入社して二年たっているから、社会人基礎研修はなし。短期間、ニュースやCM読みのアナウンサー研修のあと、すぐに実戦配備となった。スポーツ以外はソツなくこなすオールマイティープレーヤーと言われ、使い勝手がいい新人アナと言われたが、悪く言えば器用貧乏という評価もあったようだ。

それでも、キー局TBSの朝のテレビワイド「おはよう700《セブンオーオー》」のレポーターとして、一カ月アメリカロケ取材に行かされるなど、貴重な体験もすることができた。

そんななか、気鋭のラジオディレクターが、僕の音楽、映画、演劇、本、芸能一般などに対するアンテナの感度などを買ってくれ、いろいろ実験的番組でチャンスを与えてくれた。

彼はのちに自分の会社を作り、メディアプロデューサー、作家として独自の道を歩んでいる。この方のおかげで一皮むけ、ちょっと変わった肌合いのアナウンサーとしての印象を残せたのが後につながっていく。

そしてこのあと、今のアナウンサー人生につながる三つの番組に出会うことになる!!　ここからはそのお話をしましょう。

## 第一の番組は「今夜もシャララ」

しばらくローテーションや好きな音楽番組をこなしながら、決め球を探すうち、若者向け深夜放送「今夜もシャララ」がスタートすることになった。月～金を曜日別の若手パーソナリティーが担当し、中高生リスナーを取り込もうという作戦だ。

これが、後のアナウンサー人生を左右する第一の番組との出会いである。

すでに若者に人気だったタレントの、つボイノリオさん、一年先輩のアナウンサー多田成男さんなどと並んで、僕も一曜日に抜擢されたのだ。

当時はかつての深夜放送熱が一段落した時代。局は次の盛り上がりを模索して、若手横並びで競わせる作戦に出た。これは見事に功を奏し、それぞれの曜日にファンがつき、結果、この三人はいまだにラジオで現役パーソナリティーとして喋り続けているのだから幸せなことだ。

それにしても、ここに起用してくれたディレクター氏には相当シゴかれた。先に人気を得ていた他の出演者に比べ、社会人として報道で二年過ごし、優等生的になっていた僕の殻を何とか壊そうと、毎回さまざまな宿題を出してくる。

中でも、「小堀勝啓なんでも講釈」は、なかなかすごかった。新作映画紹介が一番多かったけれど、時事ニュース、偉人伝などなど、毎週、自分で原稿を書き、十分程度の講談芸に仕上げる。張り扇でパパン、パンパンと調子をとりながら、緩急強弱つけながら演じて見せダメ出しをしてもらう。

「そこはいらない！」「ここにもっとギャグを入れて！」「もう一回！」てな具合で、本番直前まで練習。おかげでノドをつぶして声がガラガラ、ポリープ寸前になったこともあった。

大変ではあったけど、この中の一本がＴＢＳ系のラジオコンクールで賞を取ったのだから、努力は結果を裏切らない。

他にミニラジオドラマ「ベイ・シティ・ローラーズ物語」というのもやった。当時、次期ビートルズの呼び声が高かったイギリスのアイドルロックグループ、ベイ・シティ・ローラーズ（ＢＣＲ）のサクセスストーリー。ディレクター氏が台本を書き、相方の女性がナレーション、僕が全メンバーの役を声色で演じ分けた。

ＢＣＲ人気におんぶしたこの企画は大当たり、ファンの間でけっこうな人気になっていく。レコード会社の新着フィルム試写会（今のプロモーションビデオのハシリ）のたび、番組がタイアップし、そのＭＣも務めた。

彼らが来日した時には度々、単独インタビューをさせてもらうようになり、愛知県体育館のコンサートではオープニングMCも担当した。

後のインタビューで一番人気のボーカル・レスリーが、ギターのエリックとの不仲を突然語り出し、帰国後脱退してメンバー交代した。こういったスクープも手伝ってファンの間で一目置かれる番組になっていったのだ。

## 第二の番組は「わ!WIDE」

この「今夜もシャララ」はディレクター交代で、僕のキャラも素の部分を強調した「アニキ」的要素を強くしたり、何度か内容チェンジしながら変化していき終了。そのころ東京キー局では、俗にフローティングワイドと呼ばれる形態の夜番組が人気になっていた。

当時の状況を振り返ってみよう。

夜九時台からはテレビのゴールデンタイム。しょせん歯が立たぬと、ラジオはコマギレに時間を区切ってセールスしていた。月~金連続の十分ぐらいのミニ番組を積み上げ深夜放送までのつなぎにするという消極的な編成。

そうではなく、もっと積極的に打って出ようと、ミニ番組をそのまま取り込んで、月~金一人のパーソナリティーがフリートークで間をつなぐ。独自コーナーも作って三時間ほどのワイド番組に仕立てるものだ。メインパーソナリティーの名前を冠にしたワイド番組は、「ミニ番組という挽肉」を卵やパン粉でまとめて、「ハンバーグ」という一品料理に仕立て上げるような発想だ。

このダメもとで始めたスタイルが見事に効を奏し、受験勉強中の中高生を中心に大きなブームになっていく。ローカル各局も負けじとこの流れに乗っていった。

名古屋でもＣＢＣがさっそく取り入れることになり、若手ディレクターが招集された。そしてパーソナリティーとして僕に白羽の矢が立った。その後のアナウンサー人生を左右する第二の番組との出会いである。

お手本にしたのは、文化放送で人気を博していた吉田照美さんの「吉田照美のテルワイド〜いななくぞこのやろう」。徹底的に研究して、オイシイところはイタダキ、いらないところは省き、練り上げていった。

タイトルは「小堀勝啓のわ！Ｗｉｄｅ〜とにかく今夜がパラダイス」。オープニングテーマや各コーナーのジングルは名古屋出身のロックバンド「センチメンタル・シティ・ロマンス」に作ってもらうという力の入れよう。

また、あちらに当時人気の「たのきんトリオ」の一角、マッチこと近藤真彦さんのミニ番組があったので、こちらはトシちゃん田原俊彦さんの番組を取る、といった具合に、当時のアイドルも積極的に取り込んでいった。

キャンペーンで来るアーティストもどんどん生や録音でインタビューしてエンタメ情報満載、ローカル番組という枠を超えた作りを意識した。

おかげで、自由奔放に本音をぶつけ合い、気の合うゲストは何度も入ってくれるようになった。そのうちゲストコーナーだけでなく本番中、ずっといてくれて各コーナーの進行まで一緒にやってくれるスタイルになり、プロダクションや映画、レコード会社の間では「名古屋に行くなら『わ！ＷＩＤＥ』に」と言われるようになったのだからありがたいことです。

この頃のゲストの方たちとは今も交流が続き、当時若手だったプロダクションや音楽関係の人たちもベテランとしてそれなりの地位を築きバックアップしてくださっている。つくづく人脈とはありがたいものだと思う。

当時のラジオは若者の間の流行を作り出すほどの存在、いわばサブカルチャーの発信源だった。

テレビでは「ザ・ベストテン」が人気で、毎週ランク入りする人気歌手のヒット曲が翌日の教室の話題。そんな歌手や曲もいち早く取り入れてのラジオ番組は、プロダクションやレコード会社から、とても大事にされた。ラジオでの盛り上げを来週のランキングにつなげようというわけだ。

「ベストテン」は、ランク入りした歌手が生で歌うのが売りものだったから、地方公演などでTBS入りできない歌手は、出先から中継で歌うことになる。その際のレポート&曲紹介は「追っかけマン」という中継局のアナウンサーが担当、名古屋では僕が担当した。

「わ!・WIDE」と「ベストテン」は両方生で時間が重なる。そこでテレビ中継がある日は、スタジオをピンチヒッターの若手が担当し、ときどき出先の僕とつなぐ。そこでゲスト情報と「ベストテン」の入り時間など裏レポートをする、というラ・テ兼営局ならではの強みを発揮。中継が終わるとラジオのレポートカーでトークしながらスタジオに戻り、後半を引き継ぐという忙しさだった。

## アルフィー犬山事件

「ザ・ベストテン」で一番の思い出は、「アルフィー犬山事件」だ。

先日、久しぶりにアルフィーの三人と話しておおいに笑った。

坂崎幸之助さんとはこのところ半年ごとに会っているけど、全員そろってとなると二十年ぶりぐらいかなぁ。

深夜放送「わ！ＷＩＤＥ」時代はしょっちゅうゲストに来てくれ、楽しくバカっ話で盛り上がったものだ。

「それにしても変わんないねぇ！」と言うのがお互いの第一声。

ヒゲにサングラスの一見クールだが、すこぶるお茶目な桜井賢さん。メガネとウエーブヘアで飄々《ひょうひょう》としたユーモアを振りまく坂崎幸之助さん。そして何と言っても王子こと、高見沢俊彦さんにはビックリだ。ゆるくカールしたサラサラの金髪ロングヘア、色白でスリムな体、七十年代グラムロック風のスーツ。もはや時間も空間も超越した「何者!?」って風情だ。

若いときと比べればそれなりに時の流れはあるのだが、不思議とイメージが変わらない。

逆に、別人のように変貌する人もいますからね。

前者の代表がアルフィーとすれば後者の代表は、松山千春さんでしょうね。ちいさまのデビュー当時は、すっきりとスリムでサラサラのロングヘア、白いコットンシャツに洗いざらしのジーンズが実に爽やかだった。それが今は、ああでしょ？　若いアナウンサーなんか局のレコードライブラリーで古いシングル盤のジャケ写見て「うそ～～!!」って叫びますからね。

体型もあるけど、カギはやっぱり髪でしょうね。無くなる人、白くなる人さまざまですが髪形が変われば ファッションが変わる。それで全体のイメージが大きく変わってしまいますからね。

アルフィーとお互い変わらぬことを讃え合いながら、再会からすぐに昔のノリにもどってしまった。

別れ際に桜井さんが「時間て不思議だね。会って一分で何十年前に戻っちゃうんだもんね」とポツリ。まさに言い得て妙、僕もまったく同感だった。

アルフィーとはいろんな楽しい話で盛り上がるうち、例の「ザ・ベストテン・犬山事件」の話に。

これは今でも名場面・珍場面特集に取り上げられることがある伝説の中継だ。かれこれ三十年前の超人気番組「ザ・ベストテン」は毎週、ガチンコで選ばれるヒットランキングを、生でアーティストが歌うのが目玉。

フォーク系の歌手のなかには「テレビで一曲だけ歌っても自分のメッセージは伝わらない」と、ランクインしても出演しない人もいて、それはそれで話題になった。コンサートやキャンペーンで地方に行っている人は、その会場や名所などから中継で歌うのも売り物だった。

スタジオのメイン司会は黒柳徹子、久米宏のお二人だが、出先は各局のアナウンサーが「追っかけマン」という形でレポート&曲紹介をした。

で、アルフィー。キャンペーンだったのかコンサートのオフだったのかで名古屋にいた。ほど近い城下町・犬山市にアルフィーの大ファンがいて中継日が誕生日。ここにメンバーが行ってサプライズで歌をプレゼントする、という企画だった。

「やらせ」なしの一発勝負で事前準備は大変なものだった。絶対、本人に知られないよう数日前に中継車や機材をセッティングしたのだが、なにせ閑静な住宅街。放送局の人間がウロウロすればすぐバレる。そこで、お向かいの家に事情を話し「お家のリフォーム」ということでブルーシートをかけ、そのかげに中継車や機材を仕込んで準備した。

そして、当日。地味な車に乗ったアルフィーと僕はお向かいの家にそっと入り、待機、ラジカセで段取りと歌のリハをした。

高見沢さんがリードボーカルの曲「恋人たちのペイヴメント」を歌い幸ちゃんと桜井さんがハモるのだが、場所は雨戸を締め切った民家。縁側にはミシンや空き箱が積んであり、その中で、小声で歌う派手な衣装の三人、という絵柄がシュール過ぎて、途中みんなで息を殺して大笑いして腹が痛くなりました。

しかしここまでは内輪の舞台裏。ホントにスゴイ展開がこのあとの本番で待っていた。

番組が始まり、いよいよ犬山の中継コーナーへ。

スタジオの黒柳さんが「ま〜アルフィーの皆さんは、今日は愛知県の犬山市ですって」久米さんが「CBCのコボリさ〜ん」と呼びかける。

僕らはドッキリカメラよろしくヒソヒソ声で「はいこちら、犬山の閑静な住宅街です」などといいながら夜の住宅街を歩き始める。四人とも近所迷惑にならぬよう囁き声で話しながら目指すお宅へ。

「さあ○○さんにアルフィーのサプライズ誕生プレゼントです。○○さ〜ん」とピンポンを押すが、まったくのやらせ無しのため、まさかのお留守!!

オマケに急に騒がしくなったので犬がワンワ〜ン、呼応して近所の犬も吠え始めるので、ともかく不在でも歌おうと「では今週の第○位。ジ・アルフィーで『恋人たちのペイヴメント』です！」でパッと照明が全開、急に明るくなった。

続いてカラオケが流れてきたが「ん？　何かヘン！」

そう、急にすべての機材の電源がオンになったため、放送用機材の大容量に耐え切れず、一般家庭から引かせてもらったカラオケテープデッキのパワーがオフになっててしまったのだ。

それをなんと音響さんが手で回して何とかしようとしていたのだ！　そう、当時はテープ！　アナログでしたねぇ！　ロマンティックなバラードは音がヨレヨレでもうムチャクチャ。バックでは犬がワンワン吠えまくるわで、もう散々なことになってしまった。

アルフィーはさすがプロ。この悲惨な状態で立派に歌い切ったが、歌い終わるや否や「○○バカヤロー！」とキー局の担当プロデューサーの名を叫んだのだった。

「いや～あれほんとにヒドかったね」「なんぼガチンコでも、通電テストはしとかなきゃね」「あれからほんとの突撃中継、やらなくなったんだよね」などとゲラゲラ笑いながらこの話は続きました。

ほんと、当時の放送は実験的で冒険に満ちていた。

新幹線で移動中に、名古屋駅に着き停車時間三分の間にホームで歌い、歌い終わると乗り込んで去っていく、なんて中継もあったのだから、何でもありの時代。

今なら、安全問題や一般のお客さんへの迷惑、混乱などの問題で許可も下りないでしょうね。

全員、還暦を超えた僕たちはまるで中学生のように他愛もなく笑い合いながら、楽しい時間を共有したのだった。

「これから、またしょっちゅう会いましょう」と言いながら……。

## 「ラジオパラダイス」で年間一位に

「ラジオマガジン」「ラジオパラダイス」といった、全国のラジオ番組を取り上げる月刊誌があり、ラジオ番組の話題、アイドルやアーティスト情報と並んで、ＤＪ人気投票も目玉だった。ここで発表される毎月のランキングが番組パワーのバロメーターでもあり、リスナーの中高生も、自分のごひいきのために競って一票を投じていた。

当然、キー局の全国区タレントが有利だろうと思うのだが、番組開始から一年ほどで僕が男性パーソナリティーのベスト十に入り、そのうちベスト五以内が定位置になっていった。

そして一九八六年、ついに「ラジオパラダイス」年間ランキング男性部門一位、大きなトロフィーをもらったりしておおいに盛り上がった。

くどいようだが、全国区のタレント、パーソナリティー、アナウンサーに混じっての投票なので、大変な栄誉。いまだに何であんなに上位を続けることができたのか自分でもわかりません。なにしろ、熱心なリスナーのみなさんが支えてくれたことだけは確かです。

今でも、四十〜五十代の働き盛りの人から『わ！ＷＩＤＥ』聴いてました！」なんて言われ、テレながらも胸が熱くなることがある。

そして、今年、当時を振り返る番組で吉田照美さんと対談する機会があった。お互い若かった時代をしのびつつ、しゃべり手も聴き手も自由に無邪気に本音をぶつけ合っていた時代を振り返って感慨深いものがあった。そして「メディアが委縮しつつある今だからこそ、あの熱い時代を知る我々が本音を伝え続けなければ」と語り合った。

照美さんも僕も、ラジオ黄金時代を過ごしたあとテレビ番組に転身、そこでまた一時代を過ごした後、今またラジオにもどって喋っているのも不思議な偶然です。

## 第三の番組は「ミックスパイください」

「初心忘れるべからず」と言いますが、最初のワクワク感をずっと持ち続けるのは難しいもの。

「わ！ＷＩＤＥ」は「まだまだいける」と言われながら、開始から八年もたつとさすがにマンネリ化してきた。何がどう悪い、というのではなく自分自身のテンションが上がらないのだ。

局は若手ディレクターをつぎ込みながら番組のテコ入れを計り、新鮮なフィーリングもパワーもある人たちだったから、ずいぶん助かった。スポンサー、代理店も番組やイベントに潤沢な予算を充ててくれ、話題作りも派手で、外目には相変わらずの隆盛を極めているように見えたかもしれない。他局に大きな差をつけてトップを走り続けていたのだから。

しかし、敵は他局ではなく自分の内なるモチベーション。そのうち、テンションを上げようと、最盛期の自分をコピーするようになる。これはまたイヤなもんです。

「こうやってジリ貧になりながら過去の人になっていくのかなぁ」と思うなか、テレビからお声がかかった。

「あのラジオのノリをそのままテレビに！」と乞われて気持ちが動いた。「何でもいいから別のことがやりたい」というのが当時の正直な気持ち。

華々しくラジオの最終回&ファイナルイベントを行い、ラジオ雑誌も大きく特集してくれた。そして鳴り物入りでテレビに。

最初は「時代塾」という夕方の三十分帯番組。これは毎日、様々なゲストと外で語り合う中継番組。出先の借景をスタジオ代わりに生で三十分放送するという実験的な番組だった。

構成、演出は「わ！WIDE」も一緒にやり、「KOBORI－BAND」メンバーでもある辣腕ディレクター。映像ディレクターもこだわりの人選で、ずいぶん贅沢な番組だった。

しかし、残念なのは僕の力不足。「ラジオでスターだった」という妙なプライドだけが空回りして、結果が出ないまま半年で幕を閉じた。

それでも苦い敗北感を抱いた僕に、会社はもうワンチャンス与えてくれることになる。同じ夕方の時間帯、今度は一時間の帯番組で全く初めて組むスタッフたちとスタジオバラエティー「ミックスパイくださ い」という番組を担当することになったのだ。タイトルどおり何でもありの情報番組。映画、音楽、ベストセラー本、エンタメ情報からストレートニュースまで硬軟取り混ぜた番組だった。

最初は思うように数字が上がらず大苦戦したが、時代が良かった。バブル期の好景気で会社にも体力があったから、長い目でみてくれて、一年ほどのうちにどんどん視聴率があがっていった。

ラジオ時代の人脈で、キャンペーンの歌手や俳優、映画監督といった皆さんが積極的に入ってくださり、どんどんパワーアップ。吉本興業の若手から、ブレイク前の今田東野、雨上がり決死隊、ペナルティーといった面々がレポーターとして参加してくれ、大きな番組に育っていった。

僕もようやく「ラジオのときとおんなじ！」と言われるノリでMCをこなしていくようになった。実は「どうやったらラジオのような自由で肩に力の入らないトークができるのだろう」と、ずいぶん試行錯誤したものだ。

その結果気が付いたのが「ラジオと同じようにやっていては、ラジオと同じように見えない」ということ。

ラジオとテレビは同じ放送媒体でも全く別のメディア。うまく言えないが、ラジオは素のままの僕でいれば一番自然に見える。しかしテレビはそうではない、ということだ。

スタッフも出演者もラジオとケタ違いの大所帯。それを一体化してまとめ上げるには、一歩引きながら全体を見渡し、ここぞというとき前に出る。押し引きの微妙な間を見ながら短いコメントに本音をはさむときに、自分らしさが活きた。こうしてようやくテレビの中の自分を見つけ十年近くこの番組を続けていくことになる。

初期は外の通りに面したスタジオでの放送。ガラス張りのスタジオで、通りを背にしたカウンターテーブルがMC席。バックに見える外の景色で、季節や天気がリアルに伝わるのも良かった。

生ゲストを見たいと集まる大勢のファンがガラス越しに映り、盛り上がりをさらに印象付ける。そのうち画面に映ることだけを目的に集まる学校帰りの中高生も多くなり、名古屋の名物番組として定着していった。

出演者も大勢のうえ、プロデューサー、ディレクター、技術陣、学生スタッフまで、大世帯が一丸で走り通した。毎日がお祭り騒ぎのようなこの番組には、この番組指名で入ってくれるゲストもたくさんいた。

「ゴゴスマ」「ミヤネ屋」といったローカル発のネット番組がある今と違って、あくまでローカル局はエリア内放送だけの時代だったから、あの盛り上がりはスゴかったのだなぁと思う。

こうしてこの番組は、十年近く続き幕を閉じた。

## 再びラジオ……そして今

今、よそで仕事をして出会う人たちは年代によってお馴染みの番組が違うから面白い。五十代の人は「『今シャラ』聴いてました！」。四十代になると「『わ！ＷＩＤＥ』のファンでした！」。そしてそれより若い世代は「『ミックスパイ〜』見てました！」という具合。

この三つの番組があるからこそ、こうしてまた本を出すような今の自分があるのだろうな、と思う。陰になり日向になり関わってくれた全ての人たちに、あらためて感謝しつつ、今も喋っているわけです。

さてテレビの最終回も華々しく終了し、例によって鳴り物入りでラジオに復帰したわけですが、しばらくはまたタイヘンな時代が続きます。

自分でも「ラジオとテレビは全く別のメディア」とわかっていながら、またまた同じ状況で苦しむのだから、学習がない。

ラジオのしゃべりは長距離走。いろいろなコーナーが並んでいても、底流には常に素の自分、その人の個性そのものが流れている。ラジオのしゃべり手がパーソナリティーと言われる所以だ。

逆にテレビの場合は、いかに全体を活かしながら自分を際立たせるか、いわば交通整理と調和の中で一瞬の個性をきらめかせる瞬発力の勝負です。

テレビMCは、総合商社やデパートのようなもので、一方ラジオMCは、個人商店といったところか。

もちろんどちらも、陰で支えるスタッフの力が甚大なのは言うまでもない。その上に乗って、番組の最前線で仕上げをするのがしゃべり手のつとめだ。

最後の一筆で素晴らしいものにするかメチャクチャにするかは、やはりＭＣの責任なのだから。

## 十年ぶりのラジオに苦戦

さて、その十年ぶりのラジオ復帰はまたまた大きなショックでした。

テレビでは「時間が足りねぇなぁ。せめてもう一～二分あればもう少し掘り下げられるのに」なんて思ってたのに、その一～二分の間《ま》が持たず焦るわけで、これは心底情けなかった。

「俺ってこんなにスカスカだったのか！」と愕然としたものだ。

きっとスタッフはもっと情けなかったろう。「もうこの人、終わったな」という気持ちがあったんじゃないかなぁ。そんなこんなで自分の中でしばらく低迷が続き、なかなか活路が見いだせない状況が続いていった。

そんななかで、ＣＢＣ創立五十周年の特番を担当する機会に恵まれる。

僕はいつでも「もはやこれまで！」と思ったとき、なぜかいい風が吹いてくれる。

このとき初めて、プロデューサー兼パーソナリティーという立場でラジオ番組を任され、番組を俯瞰《ふかん》で見ることを学んだ。

月～金曜で、夜八時～十一時の三時間。五日間で十五時間の特番枠だ。

今まで、プロデューサーやディレクターの企画やアイディアに、平気でダメ出ししていたが、無から有を生じさせる仕事の大変さを、ここであらためて思い知らされた。

おまけに予算立てしてお金の勘定もする、という最も苦手な業務もあるわけで、サブプロデューサーがいなかったらパンクしてたことだろう。

## 幼少時代の経験、特番で活路

企画には腹案がありました。

ここで活きたのが、僕の生い立ち。音楽や芸能のごった煮状態の幼少期体験。

局の五十年の歴史を十年区切りで五曜日に割り当て、各年代を代表するヒットソングと世相でつづる仕立てにする。

各年代を代表する音楽関係のゲストをスタジオに迎え進行しながら、それぞれの時代のニュース音源、ゆかりの人々のインタビューを盛り込んだ立体構成にすること。

そして、各時代を代表する内外のヒット曲をかけまくる……。

おや？　どっかで聞いたような……ん？　デジャブか？　いやいや。そう！　この経験が去年の六十五周年特番におおいに役立ったのだ。

さて五日間の番組は一曜日十年の区切りで構成、初日の一九五〇年代は日本の戦後と民放第一号のＣＢＣ誕生。ゲストは漣健児さん。前述したカバーポップスの訳詞で多くのヒット曲を手がけた仕掛け人。本業はシンコーミュージック・エンタテイメント会長として君臨する日本の音楽業界のドンだ。

しかも、とても温厚な紳士でヒット曲誕生秘話から当時の日本の世相、のちにアメリカンポップスを日本市場に広げた功績でホワイトハウスに招かれた話などとても楽しく魅力的に話してくださった。このご縁ですっかり可愛がっていただき、オールディーズ番組を作るようになったのは前述のとおり。

二日目の六十年代は、ビートルズと60年安保の時代。スタジオには、かまやつひろしさんをお迎えして、ロカビリー、グループサウンズ、そしてソロとしての活躍ぶりと音楽交遊録を語っていただいた。

三日目の七十年代は、フォークと反体制の時代。ゲストは小室等さん。言わずと知れた日本フォーク界の重鎮だ。これも今の「青春のグラフィティーコンサート」につながる企画となり、ぼくの財産のひとつだ。

四日目の八十年代は、アイドルとバブルの時代。ゲストはおニャン子クラブの仕掛け人・秋元康さん。美空ひばりさん最晩年の「川の流れのように」を書き、今ではＡ

ＫＢ教の教祖だから、この人も息が長い。

最終日の九十年代は、当時大ブームの沖縄アクターズスクール校長・マキノ正幸さん。放送開始五十年、そして新世紀二〇〇〇年を迎えて明日へ、という作り。豊富なニュースライブラリーも多用。各時代に関わったＣＢＣの大先輩のインタビューで、日本の民放創成期の熱気を活き活きと伝えた。

それぞれの時代背景も含め毎日が濃い内容だった。

そして、ＣＢＣの歴史のなかでビートルズ日本公演を実現させたことは欠かせない功績。当時の事業部の方の興味深い話や、イギリスのアビー・ロード・スタジオやリバプール取材までして分厚い構成にすることができたわけだ。また、日本最初の民間放送が東京でも大阪でもなく名古屋になった時代背景など、創立当時の人々から興味深い肉声をいっぱいいただいたのは貴重な経験だった。

ここで少しだけラジオでやっていく自信がつき、夕方の生ワイドなどを経て今に至っているわけなのです。

## 贈られた言葉

卒業シーズンの定番ソング「贈る言葉」は失恋ソングだった。

武田鉄矢さん本人から聞いた話だが、大学時代に好きだった女性に相手にされず博多の繁華街でフラれ、女性が去って行く後姿を見ているときできた歌だそう。

「ちょっと待って」と手をつかむと「大きな声ば出すよ！」とにらまれ手を振り払われたと言うから、よっぽど嫌われたんだろう。思わず笑ってしまったが、鉄矢さんもニガ笑いしていた。今ではステージでもその話で笑いを取り「贈る言葉」のツカミにするほど有名なエピソードだ。

さて「贈る言葉」と言えば、僕らはリスナー、視聴者に、いろいろなメッセージを言葉で送っている仕事だが、皆さんからもいろいろなメッセージを言葉でいただいているのだ。

そんな中から、心に残っている言葉をいくつかご紹介しましょう。

夜ワイド「小堀勝啓のわ！ＷＩＤＥ」で人気が盛り上がり、ラジオ雑誌のＤＪ人気投票で、毎月、全国区のタレントさんと肩を並べてベスト十入り、ついに一位を獲得したときのこと。

「東京のタレントやアナウンサーが最初から高い山の上にいるとしたら、コボリさんたちは、石を一個ずつ積み上げて、同じ高さに届いたんだね」というお便りをいただいた。

スタッフ一同「なるほど、そうなのかなぁ」と思ったものだ。こっちは別にそんな大層なことは意識していなかった。ただただ自分たちが好きなこと、興味のあること、面白いと思うことを出し合って突き進んでいただけなのだから。それを皆さんが受け止めて返してくれるリアクションが、さらに次の展開に発展していく。そんな繰り返しが番組を大きくしていった。石を積んで高みに押し上げてくれたのはむしろ聞いてる皆さんなのだと感謝したものだ。

入ってくれるゲストの方々も、僕らが好きな人、あるいは新人でも「おっ！」と思う人など、はじめは誰でも初対面だけれど、そこで意気投合して長い付き合いになっていく。そのうちゲストの方同士の人脈で新しいネットワークができていったりする。「ここに来ると普段話さない話までしちゃう」「仕事を忘れて楽しんじゃった」などと言われると、くすぐったいけど嬉しいものだ。

それは今の「小堀勝啓の新栄トークジャンボリー」でも変わらない。あの時代からの付き合いの方もいれば、お互い長いキャリアなのに初めて会う方、メジャーデビュー前の新しい人……。出会いはいつも新鮮だ。そんな方たちと本音のトークで盛り上がるのは至福の時間だ。

インターネットの時代だからローカル放送も全国で聴ける。

ゲストの皆さんも自分のホームページで放送予定を紹介するので、全国のファンの方たちがチェックしている。熱烈なファンの方たちは、ご贔屓アーティストが出る全国の番組を聴き比べているから気が抜けない。

そんな全国のリスナーの方から「コボリさんのインタビューのときは他の番組に出たときと全然違う」とか「メンバーがすごく楽しそう」というメールをいただくのはインタビュアー冥利につきる。

それと、よくアーティスト本人からメールが届くのも嬉しい。それも一般リスナーさん用の番組メールフォームからの投稿なので最初は「ウソでしょ?」「なりすましかな?」なんて思ったが、確認すると本人からなので嬉しくなってしまう。

そういえば、夕方のテレビワイド「ミックスパイください」のときにいただいた投稿に、こんなのがあった。「いつも音を消して見ています」という内容。最初は「ん?」とショックだった。何か気に障ることでも言ったか? オレの話、そんなに面白くないのか? などとドキドキしながら読み進んでいった。

詳しい事情は書かれていなかったが、要約すると「わけあって人との付き合いができず引きこもり中」とのこと。そんななか、「ある日つけた夕方のテレビで、ゲストを含め、テレビの中のみんなが、何かを話して楽しそうに笑っている。ちょうど音がしぼったままだったので、そのまま見ていた。人の笑顔がこんなに心やすらぐのかと思った。それ以来、毎日、音をしぼったまま、皆さんの笑顔を見ています。これからも笑顔で放送を続けてください」というものだった。この方からは匿名で、一回だけのファックスだったが、その後、テレビのボリュームを上げて見るようになったろうか？　今もときどき思い出すお便りだ。

長く放送に携わっているから、十代のリスナー、視聴者だった人たちも年を重ね、大人になっていく。親になり子育てに悩み、ある人はサラリーマンになり管理職として上からの重圧、下からの突き上げに悩み、ある人は経済界で、ある人は教育界で、またある人はフリーランスで、それぞれの生活を営んでいる。

今、そういう人たちと会うと紅潮した顔で「自分の青春でした！」などとお礼を言われおおいに照れる。思いのままに好きなことを言ってただけなのに、そんな風に思ってくれて、こちらこそお礼を言いたい気持ちだ。

そんな、かつてのリスナーさんから突然お便りが届いて胸が熱くなることもある。夜のラジオＤＪから、夕方のテレビ司会者になってずいぶんたったころ、東南アジアの小さな国からの便り。

僕がラジオで話した旅のあれこれを聴いて、世界にはいろんな国があるんだなぁと思ったこと。いつか自分もそんな国に行ってみたいなぁという気持ちを持ったこと。そして青年海外協力隊に応募して今の自分がいることなどが綴られていた。

そして「世の為、人の為」と汗を流すハードな毎日のなか、尊敬する先輩に言われた言葉です～っと力が抜けた、と書かれている。

その先輩の言葉がすごい。

それは「人の為《ため》は偽《にせ》になる」という言葉。「為」に人偏《にんべん》がつくだけで、とたんに胡散臭くなってしまう。酒を飲みながら世間話をしているとき、「人の受け売りだけど」と笑いながら話してくれたのが、この言葉だそう。

それまで滅私奉公、青筋立て「人の為」と思ってやり、報われないと腹を立て疲れ果てていたのが「オレって馬鹿みたい」と思えたそうだ。誰に頼まれて来たわけじゃない、自分で飛び込んだのに勝手に英雄気取りだったなぁと気が付いたそうだ。

以来、現地の人と喧嘩もし、仲直りもし、酒も飲んで恋もして、自分を目いっぱい楽しんでますという内容だった。そして「なぜかコボリさんを思い出し局に送ってみました」というものだった。

「人の為は偽になる」……。実にいい言葉を贈っていただいた。この人も、今どうしているだろう。世の中、大揺れの時代になり、志なかばでテロに倒れたりする人のニュースを見聞きするたび思い出す話だ。

以来、迷ったときは「自分の為に」と思う。

## デジタルは及ばざるが如し

パソコンの不具合で電気屋さんに行ってきた。

大手家電量販店の相談カウンターで若い専門スタッフの説明を受ける。これがさっぱりチンプンカンプン。

「あ、これは○×▽◇になっちゃってますねぇ。■◎×○しないと❖◑◑できないかなぁ」などと言いつつ、操作してる。

自分のパソコンなのに見たこともない数字や記号が現れ、それをテキパキとクリックして消したり次のを出したりしているが、何が何だかサッパリわからん。

要約すると「基本ソフトのアップグレードをした人に同様のトラブルがいくつかあり機械本体の故障ではなくプログラムの不具合だろう」ということ。「お預かりして調べてみましょう」と言うのでお願いしますということになった。

ついでに、もう少し軽くて小さいのをセカンドパソコンとして買うことにした。なにしろ番組の連絡や資料など諸々もパソコンがないと進まない時代。生放送中も調べものに使うからスタジオでパソコンを開いてる。そのうえ月刊誌に二本(「月刊なごや」「とうかい食べあるき」)連載を持っているので原稿書きや送付にも不可欠なのだ。

で、値段と欲しい機能を伝えると、今度は販売スタッフが説明に登場。

「こちらの機種は▽◎×■ですから❖◇○×に使うなら▲×△で○●△の方がいいでしょう。そして□■◇●▽でペラペラペラ……」

こっちは、電機は叩けば直ると思ってる世代だからウンザリしてしまう。「早く終わんないかなぁ……」と思いつつ説明は右の耳から左の耳へ素通り。

ようやく機種を決めると、またさっきのサービスカウンターで説明と契約。今あるパソコンと互関性も持てるよう設定する話でまた「○×△◆」が続いた。ふ〜〜っ!「これください」「はいどうぞ」というわけにはいかず、ドッと疲れてしまった。

しかし世のハイテク化は加速度的です。

思えば深夜放送を担当してた頃は呑気なもんだった。パーソナリティーとリスナーをつなぐのはおハガキ。気の効いたペンネームと内容でリスナー同士がしのぎを削って番組の人気を高めてくれた。

文章ネタよりイラストが上手い人もいて、それぞれ得意分野で個性を発揮していた。

ただしリアクションは数日遅れ。一つのネタは日をまたいで、あるいは週をまたぎ、月をまたいでのリアクションになるから何ともゆったりした時代だった。

その次は電話の時代。まだ家の電話の時代でしかもダイヤル式黒電話の家も多かった。「今日の電話メッセージのテーマは○○○。さあどうぞ！」と言ったとたん一斉に電話が鳴り出す。バイトの女子大生のお姉さんたちがテキパキと受けてメモしスタジオに入れる。ハガキに比べてなんと早いことよ！と感動したものだ。

リクエスト、電話クイズなどすべてがこのスタイル。便利だが反面、聞き間違いや思い込みで起きたトンチンカンな笑い話もいっぱいだ。

こんな話には大笑いした。

「サマボタールにいっぱいリクエスト来てます」というので「サマボタール!? 誰それ？」。かなりの音楽通のディレクターでさえ首をひねる。

「またサマボタールです。曲名はぁ……」と差し出すメモを見ると「サムデイ」。「ん!?『サムデイ』？ サマボタールってインド人か？」と首をひねるうちにも「サマボタール」が続々。「佐野元春の『サムデイ』なら知ってるけど、サマボタールなぁ……と考えるうち「ん？ ん？ そうか!!」と電気が点った！ なるほど佐野元春、佐野元春、佐野元春って何回も早口で言えばサマボタールに聞こえる！ 電話の時代の笑い話だ。

その後、テレビで夕方のワイド番組を担当したころには、ファックスの時代に突入。ゲストへの質問やネタのリアクションに瞬時の反応が返ってくる。電話受けのお姉さんたちもいない。その上、イラスト自慢の人も腕を振るえる。日進月歩だなぁと舌を巻いたものです。

そして今やメールやツイッターの時代。番組と同時進行で瞬時にリアクションが来る。半面、不用意な発言はすぐツイッターで炎上する。えらい時代になったものです。

マスコミだけでなく個人も簡単に世界へ向けて発信できるから「一人放送局」の時代に入ったと言える。こちらはマスコミと違ってチェック機構はないから、勝手な思い込みや悪意に満ちた発言もまかりとおってしまう。

権力に対する監視や抗議デモの呼びかけなど、声なき声も汲み取れるかわりに、いじめや中傷、そしてテロの呼びかけや洗脳、ヘイトスピーチ、振り込め詐欺など、卑劣な犯罪も野放しになる。結局つまるところ最後は人間の良心に頼るしかないとしたら、何と危うい時代に入ったことだろう。

そしてラジオは、スマホやパソコンで全国のローカル局が聴ける時代になった。盆暮れで帰省した元リスナーから「なつかし～～！」「帰った感じがします」などの嬉しいリアクションが来たのもついこないだ。中には「ゲッ！　コボリまだ生きてる！」なんて書き込みもあって「悪かったなぁ」と苦笑いしたものです。

それが今や生放送中に全国からメールが届くんだからスゴイ時代だ。

「ラジコプレミアム」などのアプリのおかげで、居ながらにして両方がつながることができる。ときどきシンガーソングライクトーキングの佐藤竹善さんが、一般の番組メールフォームから投稿してくださる。最初は「ガセでしょう？」とディレクターと疑いながら、本人確認して「へぇ！」と驚いた。そんなアーティストの方も何人かいらっしゃる。

面白い内容なら全国の方が聴いてくれるからラジオ業界に新しいチャンス到来！というわけだ。反面、つまらなければ地元ファンが他府県に流れる。

どんなに技術が進んでも「人が人にものを伝える『心』を忘れては全て空し」と肝に銘じる毎日なのです。

## ご縁はいつも嬉しくて

「今夜もシャララ」初期は、番組宣伝とアーティストキャンペーンを合体させエリア各地で公開録音をした。

このときご一緒して以来の長い付き合いが、スターダスト・レビューの根本要さんだ。

ちょうどＣＢＣラジオのジングル（短くてキャッチーな音楽ＣＭ）を作っていただいたご縁もあり、とても親しくしていただいた。

当時「シュガーはお年頃」でデビューしたばかりの新人バンドだったが、間近で聞いて、そのうまさに舌を巻いたものだ。そのうえ、根本さんのトークが面白いのなんの。まだ若手アナとして試行錯誤中の僕は、ステージ横で拝見しながらおおいに勉強になった。

その後「わ！ＷＩＤＥ」を担当するようになってからも、キャンペーンごとに頻繁にスタジオ入りしてくれた。あるとき、コンサートツアーの合間にメンバー全員で来てくれ「最近、こんなのやってます」とアカペラを披露してくれた。今のようにアカペラ選手権が番組になるような時代じゃない。無伴奏での絶妙なハーモニーに、スタッフ一同「ナニコレ！　カッコ良すぎる！」と大感激！　それ以来、ゲスト出演のたびに「さぁ、きょうは何かな!?」とリクエスト（根本さんにとっては無茶ぶり）するようになった。リスナーも「今度はどんな曲ですか？」とすっかり期待するようになってしまった。

あとあと要さんが「いや、もう鍛えられましたよ。みんなで次なにやろう？　みたいな感じで、キャンペーンそっちのけで練習。コボリさんのゲストに入るときは、他とは違ったキンチョー感ありましたね」と言いながら「でも、あのおかげでアカペラのアルバム出しちゃったから無駄にはなんないよね」と笑っていた。

それが、今でもアカペラをやる人たちのバイブルと言われる名盤「CHARMING」だ。これが出たとき音楽通はみんなぶっ飛んだ。なにしろ世間はまだアカペラなんて知らない時代。そんなとき全曲アカペラのアルバムを出すなんて快挙、というか暴挙に近い冒険だったのだ。

そして針を落とすと（う〜〜ん、懐かしい表現！　まだレコードの時代です！）、「星に願いを」「スイートメモリーズ」「上を向いて歩こう」などお馴染みの曲が、珠玉のアレンジとハーモニーで詰め込まれている。新鮮な感動でしたねぇ。

今やちょっと音楽をかじればアカペラもやってみようか、という時代になったが、スタレビはその後も「DEVOTION」、「ALWAYS」とアカペラのアルバムをコンスタントにリリースして他を圧する存在感を見せつけている。

今や大ホールを満杯にし、多くのミュージシャンに愛されてコラボステージを展開するバンドなのにあくまで謙虚なのも素晴らしい。

要さんは「おれらみたいなバンドが、ここまでやってこれたのは大ヒットがなかったからだよね。大ヒット出てたら、かえって長続きしなくて一発屋になってたかも」と言う。

いやいや、「今夜だけきっと」「トワイライト・アヴェニュー」「木蘭の涙」など、他のアーティストがカバーする名曲がいっぱいあるのだから、押しも押されもせぬ超一流バンドだ。しかし自らは「一・五流のバンド」と謙遜、「高い音楽性と低い腰」をもって先輩に重用され、後輩に慕われ、ファンに愛される存在だ。ＡＶにも造詣が深くユーモアセンス抜群の要さん。これからも末永くお付き合いいただきたいものだ。

こうした長いお付き合いの皆さんもいれば、最近ご縁ができて、良いお付き合いをしていただく方たちも多い。そんな皆さんは、デビュー間もない若い人たちが多いが、中には「怒髪天」の増子直純さんのように、出会ったときにはもうだいぶ大人の人もいる。

クレイジー・ケン・バンド（ＣＫＢ）の横山剣さんもそんな方だ。音楽世界は実にディープでワイド。Ｒ＆Ｂ、ロックンロール、昭和歌謡、演歌、浪曲、ブルース、ジャズ、ボサノバ、マンボ、ドドンパ、スタンダードなどなど、ありとあらゆるジャンルの匂いが詰め込まれ、見事なオリジナルサウンドになっている。

横浜のバンドらしい、独特のオシャレ感があふれるサウンドは分厚くゴージャスなのに無邪気でやんちゃだ。

初めて聞いたとたん、僕の中にある「ごった煮文化」のツボにストンとはまった。何とかゲストに！と強く念ずるうち機会が来たのが十年ほど前だったろうか。

お馴染みのスーツにハットにサングラス……というチョイワル風ファッションではなく、Tシャツ、キャップ、膝丈の短パンにデッキシューズ。暑い盛りのことだった。サングラスなしの素顔は、ハーフのような整った顔立ちで、シャイで腰の低い方だった。

インタビューのあとホームページ用の写真を撮るときは濃いサングラスをかけ、人差し指と親指を立てた「イ〜ネッ！」ポーズでキメて、あのＣＫＢのケンさんの顔になった。

業界内ファンも多く「新栄トークジャンボリー」のミキサー氏も古くからのＣＫＢマニア。剣さんがゲストのときは、自らのＣＫＢコレクションでスタジオを飾りお出迎えする。なかには剣さん自身が「あ、コレ、もう持ってないです。懐かしいなぁ」という、初期のミュージックテープまであり、とても盛り上がる。おかげで毎回、番組用ジングルの録音にまで快く参加してくださり、すっかりお世話になっている。ファンもニューアルバムや、コンサートツアーが近づくと、「そろそろケンさん来て、ニュージングルですか？」と番組にメールが届く。何しろＣＫＢのアルバムには必ず、アイキャッチ（テレビ用語＝ラジオではジングル）が曲の合間に入っている。それがオープンカーで聞くアメリカのラジオのノリで、めっぽうオシャレなのだ。富士には月見草が良く似合う、と言うがＣＫＢにはジングルがよく似合う。

ジングルといえば、原田真二さんにもお世話になった。「キャンデイ」「タイムトラベル」「てぃーんずぶるーす」などなど、八十年代を代表するヒットメーカーで、キレのあるダンスや、抜群のギター＆ピアノプレイ、キュートなルックスでアイドル級の人気を誇っていた彼。そのスーパースターが、「この番組が好きだから」とオープニング・ジングルを作ってきてくれたときはビックリした。

インタビューではいつも話が弾み、楽しい方だったが、あるとき「今度、番組のオープニングテーマ書きますよ」と言ってくれ、こっちも「え〜、ほんと！　ぜひお願いしますよ」と盛り上がった。もちろん、ノリのうえの流れ、ありがたいリップサービスだと思っていたから、ほんとに音源が届いたときにはビックリした。

ディレクターなど「うへ〜〜っ！」と恭《うやうや》しく頭上に掲げ、最敬礼したぐらいだ。そしていそいそと試聴、これが実にオシャレでダンサブルな曲なのだ。さっそく使わせていただき、長らく番組オープニングを飾り、番組の顔となった。

数年前、この「わ！ＷＩＤＥ」の１ｄａｙ復活をやったとき久しぶりに生ゲストで入ってくださり、近況報告などしあいながら時の流れを味わったものだ。

今も昔も、出会いのご縁に支えられてここまでやってきたのだなぁと、つくづく思う。

なにしろ、今やってる「新栄トークジャンボリー」のアシスタントディレクターは、かつて「わ！ＷＩＤＥ」のスタッフだった人の奥さん。旦那さんは、大学生ながら技術スタッフとして「わ！ＷＩＤＥ」を支え、中継コーナーのディレクターとしても腕を振るいプロになっていった人。こんなところにも出会いとご縁の糸がつながっているのだ。

## 出せない写真たち

夕方のテレビワイド「ミックスパイくださいい」はゼイタクな番組だった。月〜金曜の夕方五時からの生番組で、ゲスト、中継コーナー、ニュース、エンタメ＆トレンド情報などをギュッと詰め込んだ一時間。ここに視聴者のダイレクトなファックスでのリアクション（メールもツイッターもない時代）も盛り込んで、躍動感あふれる番組だった。

映画、音楽、舞台などのキャンペーンゲストの方たちも、取材ＶＴＲや中継コーナーにからんでコメントしてくれ、番組に華を添えてくれた。

分刻みのスケジュールで本番中に飛び込み飛び出すというゲスト以外は、番組終了後、全員で記念撮影するのが通例だった。

国民的アイドルとして長らく君臨しながら解散することになったグループの、ごく初期のものもある。先にグループを抜けたメンバーもいる頃で、みんなまだ童顔、というより子供の顔をしている。

番組初期のＭＣは、新人だった平野裕加里アナウンサーとずっとコンビだったが、彼女が中継コーナーを担当するようになり、新人アイドルが日替わりでつくようになった。

最近、結婚した優香さんはまだ高校生で、授業が終わると迎えのマネージャーと新幹線に飛び乗り、制服スッピンのまま局入りするのが常だったりで、今や大人のタレントやコメンテーターとして活躍中の彼女たちの、あどけない写真もある。ゲストに入った大物俳優や各界著名人との写真は、いずれも貴重な番組の記録写真だ。

ごく稀に思い入れの深いゲストには特別にお願いして、自分用の写真を撮らせていただくこともあった。当時、アイドル並みの人気者だったジャッキー・チェン氏もそのひとり。

映画での「あり物使いのアクション」を僕が絶賛するとたいそう喜んでくれ「そう、ハンガー、帽子掛け、自転車、傘立て……普段そこにあるものは何だってアクションのヒントなんだ。どこにでもあるような物を使って、どこにもないアクションを作り出すのが面白いんだよ」と大乗り。「何を見ても、アイディアに結びつくんだ」と少年のように目を輝かせた。

「キャンペーンが続くとトレーニングできなくて体がなまりませんか？」と訊くと「うん、だから、それも『あり物』を使うんだ」とイタズラっぽく笑い、「たとえばホラ」と左右の手でスタジオの机を上下に挟みグッと押して見せた。「こうやって上と下から力一杯押し合うと腕と胸の筋肉が鍛えられる。これならキミもいつでもどこでもできるよ」と笑い「ほら、これを読んでみて」と言って小さいパンフレットをくれた。そこには子供でもわかるように絵入りでジャッキー流のトレーニングが書かれていた。

僕は今でも運動不足だなと感じるとスタジオで「ありもの」エクササイズをする。机から一メートルほど離れて立ち、机に両手をついて腕立伏せの真似ごとをする。これだけでけっこう上腕と胸の筋肉が緊張する。スタッフは、「あ、またやってる」と笑うが、これぞジャッキー直伝の「ありものエクササイズ」と自負している。

そのジャッキーと撮った一枚の写真。彼はブルー、僕はピンクのコットンスーツで笑っているスナップ。当時のトレンドファッションなのだろうが、なんとなく色ちがいのペアルック、お笑いコンビのようないでたちで微笑ましい。

およそ十年におよぶ番組にはたくさんの出会いと別れがあったが、振り返ればどれもステキな思い出ばかりだ。

番組前期は報道や営業の経験もあるプロデューサーで、どんなに柔らかい話題でもジャーナルに片足を置いた番組作り、肌合いは関東風だった。

番組後期は制作畑のプロデューサーで、吉本の若手タレントを大勢起用して番組の肌合いも関西風になっていった。

すでに一頭抜きんでていた今田東野、今や押しも押されもしない存在の雨上がり決死隊、それぞれの持ち味で頑張るペナルティー、役者、歌手としても才能を発揮するぐっさんこと山口智充さんは、まだ「ＤｏｎＤｏｋｏＤｏｎ」というユニットだった。皆さん大きな存在になって活躍中なのは感慨深いことだ。

肖像権などの関係で出せない、そんな貴重な写真がいっぱいあるあの番組は、ローカルにしてはかなりゼイタクな番組だったのだなぁとつくづく思う。

そうそう、先日あるバラエティー番組に「ワイルドだろぉ？」のスギちゃんが出ていてアマチュア時代の恥ずかしい映像で、さんざんサカナにされていた。

その映像が「ミックスパイください」の中継シーンだった。賞品を賭けて出先でクイズ対決をするコーナーだ。「うちの高校に来てください」というリクエストをよこしたのが野球部のスギちゃんだった。

中継レポーターの平野裕加里姉さんの周りには、野球部のやんちゃ坊主たちが群がって大騒ぎだ。もみくちゃにされながら「中継に来て欲しいと思ったきっかけは？」というお姉さんの問いに「お尻を回虫に犯されたからで〜す！」とスギちゃん。

空気を換えようと、お決まりのイントロクイズに入ったがスギちゃん、ますます大暴れ。問題のイントロが流れると「ドテチン！」「くわえてパックン」など無茶苦茶な回答を連発、もうテンヤワンヤの中継だった。

スタジオの僕は「なんだかなぁ」と苦笑いしていたが、ディレクターは「とんでもないヤツだ」とカンカンだった。

最近、他の番組で局に来たスギちゃんが「コボリさんて今どうしてますか？」と言っていたそうだから、少しは気にしていたのだろう。芸能人になった彼にまだ会う機会はないが、先日、彼の母校の創立記念日で講演した。そのとき、この中継は代々、学校の語り草だったと聞かされ可笑しかった。これはこれで、やっぱり一つのご縁なのだ。

# 第四章　「アイム・フリー」

## 局アナからフリーアナに

永年の局アナ生活から去年（二〇一五年）、フリーアナウンサーになった。「やっとフリーに？」とか「今までサラリーマンだったんですか!?」など人によって反応は様々だが、一番多い質問は「局アナ時代といちばん変わったことは？」です。外から見てると、やってる仕事は変わらないから「何が違うんだ？」と思う方も多いらしい。

そこでちょっと整理してみましょうか。

### ＊まずは肩書

プロフィールや、提出書類の職業欄に、これまではずっと会社名と役職名を書いてきた。それが去年から「フリーアナウンサー」に。これを書くとき一番、「あ、今までと違うんだなぁ」と自覚する。

### ＊次に生活パターン

定時出社の八時間勤務をしなくて良くなった。気楽に見えても局アナはサラリーマン、これまでは労働時間に一定の決まりがあった。基本的には週五日勤務、一日八時間労働。早朝、深夜の勤務は別手当。取材相手やロケ、特番などで不規則になるので自己管理だが、一応週四十時間労働だ。

今はレギュラー番組の本番が日曜日、その打ち合わせやミーティングに木曜日がフィックス。それ以外に、ゲストへのインタビューやナレーショの録音、イベント、ステージMC、講演、朗読などがあるが、それはイレギュラーなスケジュール。毎週違ってくるので妻は大変だ。夕食の有無、休める日などを毎週チェックし合って、食事メニューや行楽の予定を立ててコミュニケーションを密にしている。

## ＊そしてお弁当がないこと

局アナ時代のランチはほとんど愛妻弁当。

味、彩り、品数、栄養とも申し分なく、これがお昼の楽しみだった。資料に目を通したり、選曲した番組用CDを聞きながらゆったりと食べるお弁当は格別の時間だった。和洋中、毎回バラエティーに富んだメニューは目にも舌にも胃にも最高の栄養だった。

今は午前中に出るときは作ってもらうことがあるが、午後に出るときは家で食べてから出かけたり、妻と外ランチしてから仕事に入っている。

## ＊給与がギャラに

派手に見えても局アナはサラリーマン。文字どおりサラリー生活だった。局のイベントなどイレギュラーな仕事も時間内なら給与の範囲、それ以外は時間外手当だ。管理職になってからは役職手当がつく分、時間外はどれだけあってもつかない。リスナーさんとの旅行企画や遠出取材も出張費のみだった。それが今はどんな些細な仕事にも、それなりのギャラが出る。「へぇ、これも出るんだ」とささやかに喜ぶこともある。

## ＊社外出演届がいらないこと

ありがたいことに、局アナは社の仕事以外でもお声がかかる。これに関しては事前に会社に届けて許可を得る必要がある。もちろん、原則、他局の番組に出ることはないがイベント司会、シンポジウムのコーディネーター、講演、朗読ステージなどを局以外から依頼される場合には必ず届け出が必要。そのうえで許可をもらってＯＫとなる。この許可を「めんどくさい」という若手もいるが、実は会社のチェック機構。特定の政治団体・宗教団体の仕事は中立を守る報道機関だからＮＯ。あるいは企業名を隠れミノにしたアブナイ団体などからアナウンサーを守ってくれる仕組みでもある。そう考えればありがたいものなのだ。

フリーの今は、許可を出す必要はないが自分でチェックしなければいけない。だから、仕事の選択はより神経質になった。そして税務処理は全て自分でしなければならない。


さて、バブルの頃は人気の出た局アナが独立してフリーになるケースが相次いだ。「コボリさんなんか独立したらウハウハですよ！」と無責任なことを言う人も多かったが、そんな気はサラサラなかった。「これ以上忙しくなるのはかなわん」という気持ちのほうが強かったのだ。

人生にはバランスが最も大切だ、というのが僕の持論。いい仕事も楽しい家庭あってこそ。あの時代にフリーになったら家庭生活なんかなかったろうと思う。

局アナなら労働基準法で守られた労働時間、年間の休日、給料、ボーナスなどしっかり守られた生活がある。そのうえ会社には才能ある人材がいっぱいだ。制作はもとより、営業、番組宣伝など脇はしっかり固めてくれているから、自分はトークに専念すればいいのだ。おかげで六十歳の定年まで局アナとして勤め上げ、さらに特別なポジションまでもらってプラス五年、ほんとうに恵まれたサラリーマン生活を過ごすことができた。

「バブル全盛の頃、そんなに休みとか取れたんですか？」と訊かれるが、取れました。と言うより取っていた。オンとオフの切り替えは大切だ。だから仕事が終わってからもスタッフとつるんで飲み歩くということはなかった。

個人的にべったりしてしまって、仕事で言いたいことを言えなくなるのは一番悪い。感謝は仕事で返せばいいのだ。それが「あの人のライフスタイルだから」という感じで通ってきた。出る杭は打たれるが、出過ぎた杭には手が届かない。

夜の付き合いもしないからずいぶん変わった業界人だったろうが、ちゃんといい仕事してればそれで通用してしまうものだ。それでやってきて、年金をもらう年齢でフリーアナウンサーになったのだから、我ながら幸せな人生だと思う。

多くのサラリーマンは好むと好まざるとにかかわらず、定年で第二の人生を歩まざるをえない。こんなにつるんと同じ仕事をできる境遇につくづく感謝している。

高度成長、オイルショック、バブルとその崩壊、そしてまた好景気にリーマン・ショック……。世の中はいろいろ変わったが、我が家の生活はどの時代も同じだった。世間は変わっても自分は変わらないものだ。

ただ年齢なりにフリータイムが多くなったことは確か。そしてもっともっと自由時間を増やして豊かに充実した日々を送っていきたいと思っている。

だってもう六十六歳。一日一日の大切さは若いときの比じゃないのだから。

## 忘れてはいけないこと

二〇一一年三月十一日は金曜日だった。

当時、週末のラジオ生ワイドを担当していた僕は突然、気持ちの悪いユ~ラリ、ユ~ラリとした揺れに襲われた。「あ、いかん！ 脳溢血？ 脳梗塞？」と瞬間的に思った。後で訊くと周りの同世代はみんな、自分の体の不調だと感じたそうです。

妻も家でパンを作っていた時で、生地を寝かせた後、力一杯たたきつけるガス抜き作業を繰り返していた。それで酸欠か貧血でクラクラしたと思ったそうだ。

僕は反射的にスタジオの地震計を見たが震度3の表示。スタジオのガラス越しに見えるディレクターやミキサーは、みんな立ち上がって緊迫した様子だ。

とっさに、備え付けの緊急マニュアル原稿を用意し、マイクカフに手をかけた。東南海地震がついに来たか！と胃がキュンとなった。揺れの大きさと長さで、てっきりこの地方が震源地と思ったのだ。

注意事項を繰り返し呼びかけるうち、部署の垣根を超えて人が集まり、報道から上がる情報を次々にスタジオに入れてくれた。僕はスタジオでそれを伝えていく。もちろん全てのレギュラーコーナーは差し替えだ。

スタジオにある四台のテレビモニターには各局のニュース映像が映っている。そのうち真黒な水が押し寄せるロングの画像。この時点では、まだどこがどんな被害を受けたのか錯綜していた。この地方の被害や交通の影響などを中心に伝えるうち、詳しい情報が集まりはじめ、尋常でない大災害だとわかってきた。そのまま夜八時近くまで放送したあと、キー局の地震特番に切り替わった。

その後は皆さんの知る通り。たくさんの人が亡くなり、土地家屋が破壊され、原発が致命的な損傷を受け、五年以上たった今も多くの被災者の生活が奪われたままだ。

そんななか、今年は熊本で大きな地震が起き、また尊い命が失われ、多くの家屋が倒壊、名城・熊本城も無残な姿になった。

ちょうど前年のリスナー旅行でこの地を訪ね、格調高い熊本城の美しさと武者返しと言われる、裾広がり上垂直の石垣を間近に眺め、天守に登って眺望を楽しんだだけに、よけい心が痛んだ。

近年はあちこちで火山噴火が起き、天候不順で集中豪雨、土砂災害、竜巻などなど、大規模災害が相次ぐようになった。早くから東南海地震の危機が叫ばれている中部地方だけ妙に平穏なのが逆に不気味だ。

それだけに非常袋だけはしっかり用意している。

五年期限の非常食、水、救急袋、預金通帳、パスポート、ペットフード、予備の眼鏡、そしていくらかの現金など。デイパックにコンパクトにまとめてすぐ持てるところに常備し、定期的に点検して入れ替えている。

**◆この準備の原点は**

我が家の備えは、今回の震災からではなく一九九五年に発生した阪神・淡路大震災がきっかけだった。

あのときは明け方の強い揺れで飛び起き、「ついに来たか！」と思ったものだ。そのころから東海地方はアブナイと言われていたのだから。

揺れがおさまってつけたテレビやラジオではまだ十分な情報も入らず、一報を繰り返すのみ。崩れた街の映像が、コメントもなく無音で流れるテレビ映像の不気味さを今も覚えている。

出勤しながら聞くカーラジオで徐々に被害の大きさを知り寒気がした。揺れの直接被害から大火災へと被害は広がり地獄絵さながらの惨状となっていく。

このときは、さらにひどい震災が十五年後に東日本で起こるとは思ってもみなかった。当時担当していた夕方のテレビワイド「ミックスパイくださいい」で寄付を呼びかけ、出演者やスタッフと連日街頭で募金活動もした。実はこのとき、どういうわけか「いい気になるな。お前を銃撃してやる」という強迫ファックスが来て、警察が護衛してくれたことを覚えている。

### ◆阪神・淡路大震災のボランティア

一カ月後に妻と二人、大きなバックパックを背負って物資を運ぶボランティアをした。中身はドッグフード。ニュースで見た避難所の外の映像に、ちらっと犬を抱いた被災者の方々を見たからだ。ちょうど我が家は年末に愛犬を亡くしたばかり。ワンコを抱く姿が切なかったのだ。

かかりつけの獣医さんに相談したところ「サンプル用のドッグフードを提供しましょう」ということで、それをいっぱい背負っての被災地入りだった。

大阪の梅田を越えたあたりからは徒歩で神戸に向かった。進むにつれ道路がめくれてデコボコな道を重いバックパックを背負って歩いた。帰ってから右足だけ外反母趾になってしまった。

御影工業高校だったかに着いて「ドッグフードいる方」と尋ねたらあっという間に犬を抱えた方たちが並び、荷物は空になった。

このあともう二回、ボランティアで妻と神戸に通った。瓦礫の町並みはまるで映画で見る戦後の焼け跡のようだった。

そんな中で、たぶんインスタントラーメンだろうが、温かいラーメンを商う店が出ており、しゃがんで食べている人たちがいた。妻と「こんな時でも現金はあったほうがいいんだね」と妙な感心をしたものだ。

我が家の非常袋の中身はこの時から、食料や水などの非常品に加え現金や眼鏡など、より具体的になった。もちろん愛犬の食料やリード（引き綱）も入っている。

今年（二〇一六年）の熊本地震のあと、あらためて点検した非常袋の水や食品、乾電池が期限切れなのにも愕然とした。定期的に期限切れの食品を入れ替えることをしていても、喉元過ぎれば熱さをわすれる。自らの気の緩みを戒めながら、逆に期限切れまで使わずに済んだことにも感謝した。

東日本大震災の時は還暦になっていたので、さすがにボランティアには行けなかった。そのかわり、三年目にラジオリスナーさんとの旅行企画で「東北復興応援ツアー」に行った。たくさん買い物をし、現地の施設に宿泊し、たくさんお金を落として、せめてもの応援にしよう、というわけです。また語り部の方に当時の話を聞き、南三陸町防災対策庁舎では祈りを込めて献花をした。

また番組では、毎年三月に特番を組んで震災後の現状と、人々の思いを伝えている。局の東北出身アナウンサー、東北出身のアーティストなどゆかりの人々と有志でこれからも続けていくつもりだ。

ほかにも名古屋出身のヒップホップグループ「ホームメイド家族」が呼び掛けて、数十組のアーティストが参加するチャリティーライブも毎年、お手伝いしている。

今回の九州の地震ではまず寄付をし、そして番組で応援の呼び掛け。なかなか現地に駆けつけることはできませんがせめてもの後方支援だ。

そして災害はもちろん怖いが、最近の人間社会も恐ろしい。

世界中に吹き荒れるテロの脅威。宗教、人種、イデオロギー、格差……。様々な要素からくる憎しみの連鎖が止まらない。朝起きるたび、「今日もまた！」と思うほど世界の激動が止まらない。

いち早くニュースを伝えるのも放送の大きな役目だが、忘れてはいけないことを伝え続けるのも放送に携わる人間の大事な使命。そして毎日、楽しい話ばっかり伝えたくてこの仕事を選んだのだが、実際の社会ではなかなかそうもいかないのも現実だ。

## 教えることは教わること

ネット時代に入りテレビ、ラジオの存在感も昔ほどではなくなったが、相変わらずアナウンサーは人気職種のようだ。

民放、ＮＨＫ、キー局、ローカル局と地域差でバラつきはあるが、競争率は最高四千倍なんて数字もある。そんなにあるかなぁ？　とも思うが、まあざっと平均しても千倍ぐらいはあるらしい。自分を見ても周りを見ても、それほどの人材とは思えないのだけれど……。

ハッキリ言えるのは、時代とともにアナウンサーの存在、仕事の質、幅が激変したということ。そしてもう一つは、アナウンサーを目指す人の意識も昔とは全く違うということ。

### ◆時代は変わるアナも変わる

昔はみんな「道を究めよう」と切磋琢磨し、円熟、名人芸、名調子を目指したものだ。そして最終的には自分の名を冠した「〇〇節」といわれる域にまで上りつめる人までいた。

今は「これで手っ取り早く名を売って次の仕事の踏み台に」という人も多いし、「別に何でも良かったけど面白そうだから受けたら受かった」という人さえいる。そのあげく「こんなものか」と飽きて辞める人までいるから驚く。

焦がれて目指して手に入れて、まだ続けている僕にすれば実に理解し難いことなのだけれど、価値観は人それぞれだから仕方ない。

考え方の違いは、採用する側にもある。

「若くて見栄えのいいうちだけジャンジャン使って、鮮度が落ちたら他部署へ」という傾向だから、あんまり育てようという意識はないようだ。

その結果、「しゃべりより見た目重視」となり、男子も女子もルックスがいい人が増えた。ラジオしかなかった時代のアナウンサーは、見た目は二の次。声質、滑舌、表現力など、いわゆるプロとしての技量を重視していた。だから昔のアナウンサーには見た目は「?」という方が多いが、しゃべり手としては第一級のプロばかりだった。

そしてテレビの時代がやってくる。

それでもアナウンサーは一《いち》にニュース、二に中継、三にナレーション、四にインタビューといった時代が続き、エンターテインメントは俳優、タレント、芸人に、という住み分けがきっちりできていた。だからアナウンサーはやや地味目、実直タイプが多かった。特に男性はその傾向が如実だった。

それがくずれたのは七十年代以降で、特にバブルからこっちは女性アナウンサーのアイドル化が進み、ルックスとキャラクター重視に針が振れた。そして男性アナウンサーもイケメンが多くなり、多少モノを知らなくても「天然」などと言われて逆にウケたりするようになった。昔なら考えられないことだ。

さすがにこれではマズイと軌道修正され、そのうえアイドルがキャスターとしてきちんとした仕事をする昨今、しっかりしなくっちゃと締まってきた。

時代とともにアナウンサー像も変わるのは当然だが、しかしこれだけは言える。「花の命は短い」……。若いうちの浮かれた人気は一瞬だが、それからの人生は長い。積み重ねた経験や知識を駆使しながら取り組む仕事の奥深さ、面白さは若いときの比ではない。だからこの年でも続けているのだ。

それにしてもアナウンサーの仕事は幅が広くなった。

僕らの頃は報道、スポーツが王道、音楽や深夜放送は「色物」と呼ばれて邪道扱いされていた。それが今ではバラエティー主流の傾向さえある。タレントさんと並んで器用に立ち回ることも要求される。ほかにもステージ司会はもちろん、朗読劇やトークライブなど、タレント性はますます重要視されている。

「〇〇と行く〇〇への旅」といった、リスナーさんとの旅行企画もそのひとつ。旅行会社と組んでの企画はラジオ局の営業収入で重要な要素にもなっている。

僕も、最初は年に一度の海外旅行だったのが、春は海外、秋は国内といったふうに、年二回がレギュラーになってしまったほどだ。

そんななか、向上心の強い若手は仕事をしながら勉強して気象予報士の資格を取ったり、防災士の資格を取ったりして仕事の幅を広げているから頭が下がる。

## ◆時代は変わるが変わらぬものは

さて四十年以上にわたってプロのアナウンサーをやってきたから、数多くの採用試験にも立ち会い、数多くの若手を指導してきた。だからアナウンサー志望の人に「採用基準はどんな点ですか？」とよく訊かれるが「やる気と感性」と答えることにしている。

もちろん発声、滑舌、表現力という最低限の要素をクリアしたうえでのことだが。これがクリアされていないと、いくら「やる気と感性」が優れていてもプロのしゃべり手としては苦しい。そういう人には放送作家、ディレクターなど別の道を歩くよう勧める。そこで成功してしゃべり手へ、という道もあるのだから。

そして「声」というのは不思議なもので、特にラジオの場合は人間性そのものが出てしまう。ラジオのしゃべり手が「パーソナリティー」＝「個性・人格」と呼ばれる所以《ゆえん》だ。

だからまず声のしっかりした人を選ぶ。どんないい話も、聞きにくければ相手の耳に届かない。プロのアナウンサーには、ちゃんと伝わる声が必要なのだ。

ここでの基準はいわゆる「通る声」「強い声」というやつで、美声、大声というわけではない。大勢で話しているとき、よく聞こえる声と、埋もれる声がある。よく聞こえる声、つまり「通る声」はプロとして必要不可欠。テレビ、ラジオ、ステージなどで際立つ声は大きな武器なのだ。だから入ってからもしつこく発声練習をさせる。これがまた不公平なもので、努力してもなかなかできない人もいれば、先天的にできている人もいる。

これを簡単に見極める方法があるので皆さんも一度試してみてください。別にアナウンサーじゃなくっても、自分の声の質がわかります。

気を許せる人どうしなら（でないとセクハラと言われる時代になりましたから）、相手の背中に掌を当てて「あー」と声を出してもらう。大きな声ではなく一番楽な自然な声がいい。

これは一人でもＯＫ。自分の手を下から斜め上に背中にまわし、肩甲骨の下あたりの胸郭部分に当てて「あ〜」と声を出してみる。

このとき、ビリビリ振動が感じられる人は「通る声」の人。朗々とした声じゃなくても、またハスキーな声でも、こういう人の声は通る。掌を当てる位置は胸郭の背中側。場所を変えながら振動が感じられる場所を探してみてください。どこか響く場所があればＯＫ。どこも振動しない人は発声に難あり、です。

人間の体を弦楽器にたとえると、肋骨に囲まれ心臓や肺のあるあたり、いわゆる胸郭は大きなドームなわけで、弦楽器のボディに当たる。そして喉や声帯は弦なのだ。

「体に良く共鳴している声」が「良く通る声」、つまり「鳴りのいい楽器」というわけです。声帯だけで大声を出すのは、力まかせに弦を弾いてるようなものでまことに効率が悪い。これを続けるとしまいには弦を切ってしまう。つまり声帯を痛めてしまいます。

よく「腹から声を出せ」と言うが、それは「合理的に共鳴させろ、無理なく声を共鳴させよ」ということなのです。

先天的に鳴りの「いい楽器」の人は最初から「通る声」なので苦労しない。

その逆の人はデビューしても、声帯に負担がかかり声をつぶして大変だ。カラオケで歌い過ぎて次の日、声がガラガラなんて経験はありませんか？　これは間違った発声のせいで声帯を痛めてしまったからだ。

正しく共鳴している声は喉に負担をかけません。プロ歌手が三時間近いライブをしながらツアーを続けても平気なのは声ができているからです。

僕も五時間の生放送のあと、講演、朗読、トークステージをこなすことがありますが、おかげさまで平気だ。

だから採用試験では先天的に声の通る人を選ぶようにしている。でないと入ってからが大変。本人はどうしていいかわからずストレスとパニックで気の毒な人を何人も見ているからだ。

そしてもっと大切なのがトークの技術やセンス。これこそプロの命だ。これも、先天的に表現力を持っている人もいれば、何をどう表現していいかわからない人もいる。だから新人には懇切丁寧に、情報の組み立て方を指導している。

僕らは「立てる、流す」と言っているが、どこを「立てる」つまり「強調」するか、どこは「流す＝サラッと言う」かの指導だ。

ニュース、ナレーション、フリートーク、インタビュー……。全てにおいてこれは話術の基本。

しゃべる仕事じゃなくっても、ビジネスマンのプレゼン、面接試験、町内会の会合に至るまで、説得力に大きな違いが出てくる。

「立てる」ためには、緩急、強弱、大小、間といった様々なテクニックが必要だ。ときどき、プロでもとんでもないところに力を入れたり、大事なところを流してしまう人がいるけれど。

基本は「やってみせ、やらせてみせて、ほめてやり」

まず自分がやってみせて、そのあと新人にやらせてみる。このとき自分のイヤなクセ、欠点が見えてドキッとすることがある。まさに「教えることは教わること」。後輩に指導をすることは、とりもなおさず、自分の再点検につながる作業なのだ。

これも最初からできる人と、どれだけやってもできない人もいる。

できない人にはできないなりに、どこか見るべきところを誉めて根気よく指導する。若いうちは平気で「きみ向いてないよ」と言えたが、今思うと冷や汗もの。自分だってできていない部分がいっぱいあるのだから。

こうしてアナウンサーとして歩み始めた人が次に聞いてくるのが「いいアナウンサーになるにはどうすればいいですか？」

即答できるなら苦労はない。この年になっても出来不出来に冷や汗をかくことがよくあるのだから。

僕が日頃思っているのは、「いい話し手」であるより「いい人」でありたいということ。いろいろなテクニックを身に付けたうえで、最後にものを言うのはやっぱり「心」だ。お金の問題で追及される政治家の言葉が我々に伝わらないのは、そこに心が無いからだ。ああ言えばこう言う式で、あらゆる質問に間髪を入れずペラペラ答えていた前東京都知事を思い出してほしい。心のない饒舌からは何も伝わらないのだ。

声は人を表す。ウソや思ってもいないことを美辞麗句で飾り立てても必ずメッキがはがれて地金が出てくる。「いいアナウンサー」より「いい人」になりましょうというのは、日々、自分の地を磨きたい！という、自分自身の目標なのだ。「悪い人がするいい話」より「いい人がする普通の話」のほうがきっとステキなんじゃないかなァ。そして、それこそが「パーソナリティー」の真骨頂だと信じて、今日もマイクに接しているのだ。

## 還暦過ぎて免許を取る

「今度、免許取りに行くんで、土日と夜は取材入れないでね」と言うとディレクターが「へ？」という顔をした。まさか弁護士免許や医師免許とは思わなかったろうが料理好きだから調理師免許か？ぐらいは思ったらしいです。

「恥ずかしながら車の」と言うと「え？　まだ持ってなかったでしたっけ？」というリアクション。今と違って「若者は高校出たらまず免許、社会に出たら即、車」ってな時代の人なのに、免許のないまま六十を超えてしまった。

学生時代は大学とアナウンス学校のダブルスクールにバイト、時間もお金も余裕はなかった。それよりも何よりも、まったくの運動音痴、反射神経は超ニブの僕が、両手両足を別々に使いスピードを出して走るなんて、至難の業だと思い込んでいたからです。

そして二十四で結婚。妻は運転大好きのうえ、かなり上手なドライバー。駐車場で「よくあそこに入れられますね！」と言われるほど達者だ。だからどこへ行くにも僕は助手席が指定席。送り迎え付きの毎日に「愛妻家なんだか亭主関白なんだか？」と冷やかされる日々だった。

なにしろ愛犬連れで出かける泊まりがけの旅行も妻が一人で高速を飛ばす。一年平均で二万五千キロ走るのが定番の我が家だ。まったく僕の出る幕なんかなかったんです。

そういえば一度、妻がもらった鯵《あじ》をおろして手が滑り、左の人差し指をザックリ切ったことがある。スーパーで買うのと違って一本釣りなのでウロコがビッシリついていて、つい手元が狂ったのだ。ものすごい出血だが遅い時間だったので救急病院に行くことにして、さあ大変！　僕には免許がない。さりとて指一本、救急車を呼ぶほど大げさなものでもない。

妻は涼しい顔で「大丈夫、大丈夫。運転できるから」と傷に包帯巻いて、車に。僕ときたらオドオドするばかりで、まだ子犬だったチャコ（二代目のチャウチャウ犬）を膝に、助手席で「大丈夫？　大丈夫？」と言うばかり。何とも情けないヒモ男のようなありさまに妻は噴き出していたものだ。

それがまだ四十代の頃だった。そのとき一度、免許取ろうかなぁと思ったのだけれど、のど元過ぎれば熱さを忘れる。それっきりまた二十年ほどの月日が流れてしまったわけだ。

そして還暦も過ぎて一念発起、いよいよ免許を取るか！という気になった。

東日本大震災の年です。未曾有の大災害以来、「車はキーを付けたまま左に寄せて放置してください」と災害時の心得をアナウンスしながら、「さて、そんなところに行き当たったとして、何ができるだろう」という不甲斐なさを感じていた。

それに妻がもし病気になったら、という年齢にさしかかってきた。ほかにも「ボケ防止にいい」「反射神経を保つ」「行動範囲が広がる」など理由はいくつもある。何しろウジウジ考えてないで学校に行こう！と心に決めました。だってうかうかしてたら、若葉マークと紅葉マークを一緒に貼ることになりそうですからね。

しかしスタッフが面白がっていろいろ脅かすんですよねぇ。

「教官はコワイですよぅ」「馬鹿者呼ばわりされて喧嘩してやめた人がいますよ」「人格全否定的罵詈雑言を浴びせられますよ」などなど、実にありがたい雑音で助言してくれるもんで、すっかり気が滅入って、思わず舘ひろし主演の「免許がない」という映画を思い出してしまった。あ、ちょっと寄り道してその映画のお話ししましょうか。

売れっ子アクションスターを演じるのは舘ひろし。実は彼、免許がないのがウィークポイントという役。デビュー前は族のリーダーだったと言われる舘ひろしが、免許のない役というのがミソ。

ジェームズ・ボンド張りのカーアクションや、美女の肩を抱き片手ハンドルで走るオープンカーのシーンも、カメラを引くと牽引車に引っ張られての撮影というのが笑わせる。

で、内心忸怩《じくじ》たる彼は、ついに意を決して免許を取りに行くことにする。とは言っても有名アクションスター。イメージにかかわるので、冴えない中年男性に変装し、芸名ではなく本名で自動車学校に入学（実際の舘氏は本名だが）、ここで巻き起こる悲喜こもごもの人間模様が、笑わせたりホロリとさせたり、という小品の佳作だ。撮影所では大スターの彼が、ここでは年下の教官に「おい、おっさん」呼ばわりされる屈辱の日々。「何やってんだよぅ。ったくもぅ」とボロクソに言われるシーンが満載だ。興味ある方は、一度ＤＶＤでご覧あれ。周りに聞くと、昔はほんとにあんな風だったそうですね。

しかし案ずるより産むが易し！　今や少子高齢化、そのうえ若者の車離れで自動車学校も大変な時代です。至れり尽くせりのサービス合戦、先生たちの親切さといったら、そりゃぁもう大変なもの。なんて優しいんだろうと感激ものの日々でした！

巡回スクールバスは網の目のように走り、家から職場から学校から、いたるところから乗れるようになっている。そのうえ公共交通機関のプリペイドカード五千円分をプレゼントしてくれたし、僕のような退社後と休日しか通えない人用の優先コースも組んでくれる。シニアや極端に運動神経の鈍い人用には、長期間有効コースまである。

妻は「若い子いっぱいいるから鼻の下伸ばしてちゃだめよ！」と釘を刺していたが、「女房の妬くほど亭主もてもせず」。それに今の若い人は、暇さえあればスマホのぞいてて、友だち同士でもあんまりしゃべらないですね。

しかも休み時間は、パソコンずらりの自習部屋で、「満点様」という模擬テストソフトで勉強。これがなかなかのもので、イヤらしいひっかけ問題が山のように出され、自己採点できる。僕もずいぶんお世話になり鍛えられました。だからほんとに教室は静かなものでした。

そうそう、実技で一緒の車になった人が珍しく四十がらみの男性。スキンヘッドに薄い色のサングラス。太い金ネックレスに短パンのジャージ、ブランド物のセカンドバッグという絵に描いたようなコワイ方。しかもチラリとのぞく腕やスネには彫り物が！　しかもタトゥーではなく和彫りですわ。

この人が「オタク、その年で何で受けに来たの？　何かあった？」とか話しかけてくる。そして問わず語りに「オレはさぁ、免許持ってたんだけど事情があってアレでさぁ。免許無くなったから取り直し。だから運転なんて全部できるんだよね」などと話し続ける。「どんな事情ですか？」とも訊けず「はぁ、そうですか」とか何とか当たらず触らずの返事をしていた。これが一番たくさんの会話だったかなぁ。ほんと、みんな知らない人と話さないですね、今は。

そんななか幸い僕は四月の半ばに入校して七月には合格という自分でも驚きの短期間で免許を手にした。みんなに「意外とイケるじゃないですか！」とおだてられ鼻高々だった。

が！　これがいけなかった。免許を取って初めて一人で運転したとき、車の左側面をガリガリ〜〜っと傷つけてしまう大失態！　ヘッドライトの下あたりから前後二枚のドア、その後ろまでかなり深い傷になってしまい、いきなり保険屋さんのお世話になった。

我が家はどこへ行くにもまず一緒だから車は一台。妻が気にいったのを選ぶわけだが、二月に来たばかりの新車。ものすごく叱られた。そして僕もすっかり自信をなくしてしまった。

以来、一人運転はめったにしない。必ず隣には教官役の妻。自動車学校と違ってすこぶる厳しい。「ハンドルをフラフラしない！」「対向車を怖がらない！」「こっちに寄り過ぎ！」などなど、叱責が飛ぶたびに血圧がハネ上がる。

思えば仮免時代が一番、運転がうまかったなぁ。なにしろ週三〜四回はハンドルを握っていたし、雨、風、夜間などあらゆる条件で運転していたのだから。

それが今では、愛犬連れで泊まるリゾート施設で、コテージから温泉棟へ一人で行く短い距離もドキドキものだ。駐車場がいちばん空《す》いている時間をねらって前後左右の空いているところに、スペースいっぱいを使って止め、「これなら大丈夫」と温泉へ。

ひとっ風呂浴びてもどると「ありゃ！」。前後左右ビッシリと車が止まっている。「何をするんにゃ！」と青くなる。せっかく汗を流したのにまた汗びっしょりで四苦八苦の末、車を出す始末。我ながら実に情けないものだ。

そういえば、これも愛犬と出かけた飛騨路で、ゴールデンウィークというのにうっすら雪が降ったことがあった。妻は「わ〜い」と喜んで河原を歩くうち段差で滑ってしまった。スッテンコロリンではなかったが、ゆっくり体をひねるように手を着いてグギッ。「痛ッ！」と言っていたが見る見る腫れてきた。

ちょうど帰る日。「こりゃもう僕が運転だね」と覚悟を決めて言うと妻が「とんでもない！」と即答。「手だけならいいけど、あなたの運転なら命がアブナイわ」

なるほど、ほとんど高速道路のドライブだもんなぁと納得。結局、痛いほうの手を軽くハンドルに添えながらいつもと変わらぬ運転ぶりの妻に「大丈夫？　代わろうか？」と、またもや情けなく言うだけの僕だった。役に立たんなぁ、僕の免許……。

それでもめげず月に一、二回は運転することにしている。決まった道をほんの数分なので、はたして運転と言えるかどうか怪しいものだが。

でも周りには取ったきり乗らずのペーパードライバーがけっこういるから、それよりマシと一人納得している次第だ。

**野球派？　サッカー派？**

ごひいきチームが負けると機嫌の悪くなる人がいる。その気持ちがさっぱりわからない。ごひいきチームのユニフォームで応援する人もいる。その気持ちもさっぱりわからない。

小児喘息で体育の時間は壁の花だったせいもあり、スポーツは大の苦手。運動会も大嫌いだった。昔の体育教師は大声で粗野にふるまう人が多かったからそれもイヤだった。

僕らの世代は野球少年が多く、そこらじゅうでキャッチボールをしていたものだ。料理屋で育ったから、板場の若い衆たちが休み時間によくキャッチボールをしていた。「勝っちゃんもやろうや」と引っ張り出されるのがイヤでイヤで逃げていた。

だから、スポーツに夢中になるタイプではないのだ。

そんな僕だがサッカーは大好きだ。テレビ観戦もするし競技場でビール片手に声援を送ったこともある。規則正しい早寝早起きの僕が唯一夜更かしするのはワールドカップなど海外中継の試合を見るときだ。

これには実はきっかけがある。

Jリーグ発足の年、夕方のテレビワイドのMCをしていて、当然、地元・名古屋グランパスの話題もよく取り上げた。ある中継のとき、バスに乗り込む選手の一人が振り向いて「小堀さん！　高校んとき『わ！ＷＩＤＥ』聴いてましたよ！」とスタジオの僕に呼びかけたのだ。

およそスポーツ選手とは接点がないと思っていた僕だから新鮮な驚きだった。「わ！ＷＩＤＥ」は深夜放送時代の僕の代表番組。東海三県の中高生に絶大な人気だった。「そうか、この人も俺のファンだったのか」と単純な僕は嬉しくなって「今度会おう！」と返した。

さっそく、発足間もないＪリーグ盛り上げ企画で「運動音痴コボリ、サッカー初体験」みたいなこともして、彼とボールを蹴った。

彼は今、コメンテーターとしてテレビ、ラジオで活躍している中西哲生氏。

当時からしゃべりもうまく軽妙洒脱なパーソナリティーで、僕の持っている体育会系のイメージとは全く違っていた。そんな出会いがあったから余計、サッカーが身近になったわけだ。

逆に、名古屋の民放でしゃべっていながら、地元球団の話題はほとんどしたことがない。と、言うか「野球音痴」を公言してはばからないから、僕が今まで担当した番組には野球企画はいらなかった。

それでも少しは勉強しとこうと、スポーツアナや野球好きのアナウンサーに教えを乞うたこともあるが、結局ダメ。興味のないものは身につかない。だいいち何が面白いのかがサッパリわからない。サッカーの大まかなルールはすぐわかったし、今も結構、興奮するのになぁ。

そこで、野球とサッカーが自分にとってどう違うのか考えてみた。

①アクティブさの違い

サッカーはゲーム時間中、ほとんどみんな走っている。野球は動きがすくなくて退屈なのだ。野球派は「サッカーなんて、あんなせわしないモノ」というが、僕にしてみると野球はチンタラして休んでる選手がいっぱいいるように見えるのだ。

②オシャレさの違い

最近でこそ若い野球選手もオシャレになったが、昔はヒドイもんだった。ゴルフウエアにブランド物のセカンドバッグ、パンチパーマ、㋳なイメージあったもんなぁ。それに比べサッカー選手はオシャレに敏感な人が昔から多かった。

高校野球ではいまだ坊主頭が主流なのに、高校サッカーは昔からサラサラヘア。生まれてから一回も坊主にしたことがない僕にとって、こっちのほうが抵抗がない。

③ゲーム時間の違い

野球は終わり時間が読めないのもイヤだ。一応、九回裏表と決まっていても三アウトまでの時間はまちまちだ。同点だと延々とゲームが続く。三時間超えが普通だし四時間になることもある。

その点、サッカーは前後半合わせて九十分。間の十五分休憩やアディショナルタイム入れても二時間程度、せっかちな僕には合っている。

「ごひいきチームはやっぱり名古屋グランパス？」と訊かれるが別にそうでもない。しいて言えば強いチーム同士の試合が好きだ。駆け引きも早く目が離せないうえ、テクニックもスゴイ。弱いチーム同士だとダラダラ間延びして退屈だもの。

こんな風だから「ごひいきチームが負けて不機嫌」なんてことは有り得ない。ただそのときワクワクしたかどうかが大事なのだ。

こんなファンだっていることをスポーツ業界は知ってほしい。

## 男の秘密基地？

番組にこんなメールが来た。

「夫が単身赴任を終え帰ってきました。久しぶりの我が家で着々と自分の部屋、秘密基地を作っているようです。男の人は子供みたいですね。小堀さんのお部屋はどんな風ですか？」

　さて、この質問に対する僕の答えは？

「あ～、コボリ、自分の部屋ないですね。っていうか、妻も自分の部屋ないですね。お互い普通にリビングで仕事の準備とかしてますし」

　結婚してからず～っとそうだったから別に疑問に思ってなかったけど、これは意外と珍しがられる。

「気が散りません？」とか言われるけど別に不便はない。早い話がこの原稿もリビングで時々、妻と話しながら書いている。

　昔の作家先生なんかは出版社の用意したホテルで、俗にいう缶詰状態。担当の編集者が隣の部屋に詰めて書き上がった原稿からチェックして校正に回した。なんていう話をよく聞く。その間の飲み食いは出版社持ちなんだからノンキな時代だった。

　今のような出版氷河期では考えられない話だ。それに僕なんか逆に一人でこもったりしたら雑念が沸いて書けなくなるんじゃないかと思う。

　実はこれ特別なことでもないらしい。

　たとえば最近、仏像彫刻に打ち込んでいる歌手の秋川雅史さん。キャンペーンやコンサートで地方に行く時も、彫りかけの仏像と彫刻刀を持って行くほどだという。

代表曲の「千の風になって」や端正な風貌から、静かで暗い部屋に端座して黙々と彫っているのかなぁ、と想像してしまう。

しかしご本人いわく「全然。リビングでテレビ見ながら彫ってますよ」とのこと。「仏像」というと特別な感じを持ってしまうが、宗教性ではなく造形美に興味を持ったのだそう。むしろ中学生のプラモデル作りのようなワクワク感で彫っているらしい。

またミュージシャンの岸谷香さん。八十年代に大人気だったガールズ・ロックバンドプリンセス・プリンセスのリードボーカル奥居香さんだ。

俳優の岸谷五朗夫人として家庭を支え、子育てに一段落してミュージシャン活動再開。かつての仲間とプリプリを再結成し、チャリティーコンサートなどで東日本大震災の復興支援のために尽力した。ソロプロジェクトも充実して今や現役バリバリだ。

その香さん、曲作りはスタジオにこもってか、と想像したら「いえ、ひらめいたらリビングのテーブルで詞を書いたりしてますよ」とのこと。やっぱり日常の中で創作活動する人も結構いるんだなぁって安心した。

知り合いの作家さんにもファミレスでコーヒーおかわりしながら書いている人がいる。案外、あなたのそばで暗くパソコン打ってる人が未来の芥川賞、直木賞作家かもしれない。

# 第五章　人生バランスが大事

## 犬と暮らせば……

ここでちょっと我が家の愛犬の話をしましょう。

なにしろ日本は空前のペット天国。番組リスナーさんにも愛犬家、愛猫家は多く、ペットの名前を入れたラジオネームの方も珍しくない。

僕のブログには番組予告、ゲストの話題なども載せるが、愛犬の写真や近況を書くとヒット数が上がる。

さてそのわが愛犬チャロだが、今年七歳になるチャウチャウ犬の男子。最近めっきり見なくなった犬種だ。

愛犬の散歩で会うご近所さんが「もう日本に八十七頭しかいないってテレビで言ってましたよ。そのうちの一頭がチャロくんなんだぁ！」と感慨深い表情で話してくれた。

まだ子犬の頃でも、若い女性獣医さんが「わぁ！　初めて見た」というぐらい希少になっていた。三十数年前は、テレビＣＭで野球の王貞治さんと共演して人気になり、名古屋でもわりと見かける犬種だったのだが……。

ふさふさした鬣《たてがみ》からライオンドッグ、愛嬌のある風貌からテディベアドッグとも呼ばれるルックス。体重は三十キロ弱のずんぐりとした体形。写真でしか見たことがない人がほとんどだから「え～っ！　こんなに大きくなるんですか？」と驚かれることも多い。

性格はいたってマイペース。なんとなく猫のような犬だ。

我が家は、これでチャウチャウは三代目。初代は男の子チャウ、二代目が女の子チャコ、そして今の男の子がチャロです。それぞれ十五～十六年生きて天寿を全うしているが、この犬種としてはかなり長生きだ。

この子を迎えるときブリーダーさんが「チャウチャウは初めてですか？　飼うのが難しいですよ。デリケートで体も弱いですから」

「いえ、三回目です。前の二頭はそれぞれ十五～十六年生きました」と言うと、「え～！上手に飼われますね！　まぁ十年、早いと八年ぐらいの子もいますから」と言われた。

自分たちの年から考えてワンコを飼うのはもうこれが最後かねぇ、と妻と話し合って迎えた子。先代たちと同じくらい生きてくれれば、こっちはもう喜寿に近い年になる。

どの子も最後は介護の日々だったから、今度は老老介護になる。それでも、できるだけ元気で長生きしてもらいたいものだ。

そのためには、僕たち夫婦が元気でアクティブでいなければと健康に、より気を付ける日々なのです。

### ◆犬がくれるもの

未熟児で生まれ小児喘息。体育の時間は壁の花だった僕。だから今でも、投げてダメ、打ってダメ、走ってダメの三拍子そろった運動音痴だ。そんな僕なのにスポーツ万能に見えると言われる。中には「ジムに通って鍛えてるんでしょう！」と言う方も多い。毎年の人間ドックの心肺機能でも「マラソンされてるんですか？」と訊かれる。心電図と脈拍を計るコードにつながれて自転車こぎをするやつで、なかなか心拍数も脈も上がらないからだ。だいぶ負荷をかけて何分もこいでようやく変化するぐらいだ。これひとえに愛犬との朝晩の散歩のおかげ。歩数計は毎日、軽く一万歩を超えている。多いときは二万歩近いこともあるのだからエライもんだ。

チャウチャウ犬は脚が短く毛が多く暑さに弱いので、はた目にはモタモタ歩いてるように見える。歩き始めだけタッタッタッと張り切っているが、すぐにパワーダウン。見方によってはヨタヨタヨタという感じ。散歩途中におばあさんから「あら、ずいぶんなお年？」と言われガックリすることがある。「あんたに言われたないわ」と思いつつ「いえまだ六歳ちょっとです」と笑顔で返すと「まぁ！　太り過ぎね」ときた。いやチャウチャウにしてはスマートなんだがなぁ……。

ま、それでも朝夕と毎日二時間近く歩くわけだから、愛犬のおかげでいい運動になっているのはたしか。

体力面のほかにも、季節ごとの花の匂い、景色の移り変わり、犬を介しての知らない人との会話、犬とのリゾート生活などなど、愛犬がくれる幸せは計り知れないものがある。

## ◆犬派猫派はナンセンス

ペットの話になると「犬派？　猫派？」と訊く人がいる。雑誌のペット特集のタイトルにもなるし、性格判断の材料にされたりもする。

たしかに、犬と猫は同じペットでもずいぶん性格が違う。

群れで暮らし社会性の強かった犬族と、単独行動の猫族の違いだろう。そして、犬には従順、忠実、猫は自由奔放で自分勝手のイメージが付きまとう。

最近では「忠犬ハチ公」がアメリカでも映画化され、欧米で日本犬ブームが巻き起こるなど、いいイメージが強い。逆に猫は「化け猫」「魔女の使い」など洋の東西を問わず陰《いん》のイメージが強かった。

テレビCMでもケータイ会社のお父さんをはじめ、家や車のコマーシャルにも犬が登場。主役、脇役に犬がいなければ夜も日も明けぬといった感じだ。

ところが、ここへ来て猫の反転攻勢がめざましい。

猫カフェは大人気だし、CMはもちろん、特集番組、バラエティー、ドラマ、映画、雑誌、写真集などあらゆる分野で愛らしい猫たちが大モテだ。あっという間にペット主役の座は犬にとって代わってしまう勢いだ。

それもそのはず。ペットフード協会の調べでは、長いあいだ、飼い犬の数が飼い猫の数の倍だったのに、今やほぼ同数。飼い犬九九一万匹に対して、飼い猫は九七八万匹と猛追、この本が出る頃は逆転しているかもしれない。

家飼いの猫がここまで増えた最大の理由はいくつもあります。

まず散歩の必要がない。忙しい一人暮らし、共働き夫婦でも飼いやすい。犬に比べ鳴き声も小さい。

またお年寄りで愛犬を亡くした人が、犬はもう無理だがやはり寂しい。そうだ！猫なら手がかからなくていい！という側面も追い風になっている。

もちろんトイレ、ご飯、お遊び、健康診断、予防注射などなど、それなりに手はかかる。しかし朝晩の散歩がいらないだけでも、時間、体力とも格段に楽なのだ。

さて我が家は犬と暮らして三十年以上。まわりからは大の犬派と思われているが猫もけっこう好きだ。犬にも猫にもそれぞれの良さがあるものだ。

写真家の岩合光昭さんの撮る自然で気ままな猫たちの姿はとても魅力的だし、CMなどでは「へぇ!」と思うほど芸達者に見える猫も多い。もちろん制作側の辛抱強い努力と編集の賜物でしょうが。

しかし、どうも、飼い猫になることで犬化している猫が多いような気がする。好きな時にご飯がもらえ、いつも快適な環境にいると野生の本能が薄れるのかもしれません。

逆に飼い犬の猫化もあるかなと思う。

わが愛犬がいい例で、ワンコなのにきわめて猫的。尻尾を振り振り甘えてくるのに飽きるとす〜っと行ってしまう。ご近所の犬好きが「お〜チャロちゃん、お散歩?」と声をかけても、尻尾フリフリの日もあれば、チラッと一瞥《いちべつ》、スーっと通り過ぎる時もある。こっちは「すいませんねぇ、気まぐれで」、先方は「あらあら」と苦笑い。実に猫的な犬だと思う。

もっとも猫っぽい、犬っぽいというのは人間の勝手な区分けなのかもしれない。

ある雑誌の特集で目からウロコが落ちた。

犬と猫はもともと一緒で、ミアキスという体調三十センチほどの哺乳類。それが三五百万年ほど昔に犬科が発生、そのあと五百万年ほどして猫科が誕生していったんだそうだ。

そうか！　もとは一緒だったのか！　ちなみに猫は「ネコ目ネコ科」、犬は「ネコ目イヌ科」。イヌはネコ目だということも知らなかった。てっきり犬は犬目だと思っていたから。もとは一緒なんだから犬派、猫派と分けるのは人間の勝手な理屈なのだと苦笑いした。

## ◆ペットロスにならないために

もちろん長く犬と暮らすと必ず別れはやって来る。

先代二匹を見送ったときは本当に悲しかった。世の中にこんな悲しいことがあるか、と思うくらい悲しかった。葬儀で号泣する僕に妻が思わず引いてしまうぐらい泣いた。

親が亡くなったときもこんなに泣かなかった。「俺っておかしいのかな」と後ろめたく思っていたところ、ある高名なお坊さんのエッセイを読んで「なるほど」と納得した。

師のお話を要約するとこうだ。

小家族化が進み、自宅で亡くなり自宅で葬儀を出す、ということがほとんどなくなった昨今、病院から葬儀場という形が一般的になってしまった。そのため葬儀が肉親との別れを悲しむ場というより、一つのシステムになってしまった。逆にペットの葬儀では、純粋に別れの悲しみに満ちている。

また、人の葬儀にまつわる生臭い確執もあるという。

長いあいだ僧侶をしていると、財産の無いところでは無いなりに、有るところでは有るなりに、残った者がいがみ合う場に遭遇するそうだ。「あ〜、聞きたくない」という話も耳にする。その点、ペットへの愛に損得勘定はない。いわば無償の愛。

「およそ現代においては、別れの無垢な悲しみはペットとの別れの場にしか、ないのかとさえ思う」と結んでおられた。

これを読んで「あ〜、自分は別にとんでもない野郎ではないのだ」と安心したものだ。

ペットとの別れは本当に何の損得勘定もなく純粋に悲しい。

なにしろ晩年はどの子も介護生活。初代チャウは足腰が弱って最後一年は寝たきりになり、床ずれしないよう夫婦で添い寝。夜中に夫婦かわりばんこに起きて、寝返りをさせた。

二代目のチャコは具合が悪くなってから三カ月ほどで逝ってしまったが、急激に血糖値が下がり意識不明になるため、高濃度ブドウ糖を三時間おきに飲ませなければならなかった。これも、夫婦交代で起きての介護だった。

どの子も健康診断は欠かさず常に健康チェックを怠らなかったが、やはり十五〜十六年がひとつのネックなのだろう。

人間も動物も老化は止められない。

今や社会問題になりつつある「ペットロス」だが、幸い我が家は二人とも究極のポジティブ人間のせいか、二度とも乗り切ることができた。

「どうやって乗り切ったんですか?」とリスナーさんから質問もいただく。

悲しみに沈んで立ち直れない人や、中には悲しさのあまり、すべての思い出に鍵をかけ、写真や思い出の品をすべて片づけてしまっている人もいる。

我が家の場合はともかく悲しむ。我慢せず悲しんで悲しんで悲しみまくる。

もちろん仕事もあるし、普通の社会生活もしながらです。そうするうち、時間が悲しみを少しずつ薄め、逆に元気だったころの楽しい思い出がよみがえってくるようになる。

愛して愛して悲しんで悲しんで自分の心を解放してやればいいんです。

我が家にはそれぞれの愛犬と過ごした旅行や楽しい時間のスナップが、今のチャロのと一緒にいっぱい飾られている。

自分の生きた愛おしい日々に、自分の愛犬たちの生きた愛おしい時間が重なっている。いろんなスナップを見るとき、命の持つ意味の大きさをしみじみと感じる。

あの子たちが我が家に来て、僕たちが幸せだったように、あの子たちも幸せだったろうか。犬と暮らせば、あるいは猫と暮らせば、普段は気づかなかった、ささやかな幸せが、とても大きなものに思えてくる。

## 食うために生きる？　生きるために食う？

今は見かけないが、昔はよく神社やお寺の脇に「疳《かん》の虫封じ」という看板や張り紙があった。夜泣きの激しい子供や、癇癪《かんしゃく》をおこす子供にお祓《はら》いや祈祷《きとう》をするところだ。僕も父に連れられて行ったことがある。巫女《みこ》さんのような恰好のおばあさんが、僕の手の甲と掌に筆で黒い丸を塗りながらゴニョゴニョと何か唱え、「はい、これで夜もコワイ夢見ないでゆっくり寝られますよ」と言った。僕は「あんたがコワイわ」

と思ったがおとなしくしていた。

そのとき印象に残ったのが「この子は一生、食べるに困らない、いい相をしていますよ」というおばあさんの言葉だ。

帰り道で父が「なんか胡散臭《うさんくさ》いもんだね。料理屋だから食うに困らんなんてオベンチャラ言ったんだろうね」と笑っていた。父は占いとか迷信を信じない人だったが、お得意さんの紹介で仕方なくそこへ行ったのだ。

世間話の途中、「この子がゆうべコワイ夢を見て泣いた」という話をしたら、お得意さんが「自分の世話になってる巫女さんがいる」と熱心に勧め紹介状まで書くので、困惑しながら顔を立てたわけだ。水商売ではお得意さんが神さまだから。「その後どうだい?」とお得意さんに聞かれ、父は「おかげさんですっかり良くなって、もう大丈夫です」と適当にかわし二度と行くことはなかった。

それでも「食べるに困らない」という言葉だけは子供心に深く刻まれた。おかげさま、かどうかは知らないが、今日までまったく食べるに困らないのはありがたいことだ。

それどころか「食べるお仕事」まであるのだから恵まれた境遇だ。歴史あるグルメ雑誌「月刊とうかい食べあるき」では味の名店を訪ねるエッセイを連載、放送でも美味しいもの、珍しいものの紹介をする機会が多い。

私生活でも行って食べたり、作って食べたり、買って食べたりで夫婦して美味しいものには目がない。親戚やら知人から美味しいものが届いたり、ご近所の釣り自慢の方から釣果のおすそ分けがあったりで、そのたび「食うに困らない」という言葉を思い出している。もちろん、いただくとお返しをするのだが、するとまた何かいただくという具合で、とんだわらしべ長者だ。

それなのに世界中には飢餓に苦しむ人がたくさんいるし、日本でさえ餓死する人がいる。飽食のあげくダイエット情報が氾濫するこの国で、生活保護の手続きができず「おにぎりが食べたい」と言い残して餓死した人のニュースには胸が痛んだ。思わず、いつも美味しいものが食べられる境遇に感謝し、それを当たり前と思っていることを深く反省した。

感謝と反省のないところには幸せはない……。僕の持論のひとつだ。ましてや好きなことを仕事にし、それでゴハンが食べられること自体、なんとありがたいことだろう。

中年ロックバンドの星「怒髪天」の曲に「喰うために働いて生きるために唄え！」というのがある。まさに人生の真髄だ。「唄え」の部分を自分の好きなことに置き替えれば誰にでもあてはまることだ。

好きなことで食える人は一握り。多くの人は食うために働くうち夢をあきらめてしまう。が、怒髪天ボーカルでソングライターの増子直純さんは言う。

「なんぼ夢あったって、家族食わさないとなんないしょ。だけどメシ食うだけじゃ生きてる感じしないし」

地道に活動するうちジワジワとファンが増え、NHKのアニメテーマやラジオパーソナリティー、CMにもお声がかかり、ついに武道館ワンマンライブまで実現してしまった。

ここに来るまでには大変な苦労やバンド存続の危機があったと思う。でも増子さんは言う。「誰に頼まれてやってるわけでなし、好きでやってるんだからさ。食う仕事だけちゃんとやって、あとは音楽に力入れたいじゃない」。まさに「喰うために働いて生きるために唄え！」を地で行く話だ。

「食うためにいろんなことやったよ。名古屋なんかデパートの実演販売で何回来たことか。穴あき包丁の扱いとコメントなんかうまいもんだよ」とやってみせてくれたが、ほんとにうまい。ずいぶん売れたんじゃないかと思う。このしゃべりが、ステージでのMCにもしっかり活きている。ライブで見せる客席の空気の読み方、曲紹介のタイミング、テンポ、トークのまとめ方など、とても勉強になる。

「他のメンバーはさ、『いつか武道館やりたい』って飲んでるときとか言うじゃない。でもオレは言わなかったなぁ。まさか、と思う部分と、やりてぇなぁと思う部分とあったけどね。うかつに言うと『はんかくさいんでないか』と思われそうで。でもできちゃうんだよね、四十過ぎてもちゃんとやり続けてれば」

「そうそう、やり続けてが大事だもねぇ……」

北海道の出身どうし、ゲストに来ていただくたび、僕も思わず北海道弁になり話が弾む。

リスナーの方から「涙でてきました。久しぶりの北海道弁聞いて。何年帰ってないべ」とメールが届いたりする。

その怒髪天、ハイスピードのドライブ感あふれるサウンド、演歌の匂いさえするダミ声のボーカル、地に足のついた骨太な歌詞が共感を呼んで、ますます人気上昇中だ。

「そろそろ紅白でないかい?」と言うと「そだね」とはにかむ表情に、好きなことで食っていけるようになった自信と幸せ感がのぞいた。

話は突然変わるが、わが愛犬チャロ。何もしないで食っていける結構なご身分ながら、まったく食う気がない。散歩で会う人などに「よく食べるでしょう?」と声をかけられるが「いえ、全然。食べなくて困ってます」と答えるほど。コロコロの体型とフサフサの毛並みで、実際の二十八キロより大きく見える。しかし幼犬のころから食べない。獣医さんに相談したら「体ができあがるまでは無理してもちゃんと食べさせてください」とのことだった。それで成長が止まるまで、気長に少しずつ手から食べさせているうち、それが食事のスタイルになってしまった。

ほんとうは不自然なことなのだが、チャウチャウという犬種の特性なのか三代ともゴハンには大変な苦労だ。初代など、「もう大人だから、無理に食べさせずほおっておけばそのうち空腹になって食べます」と言われ、そうしたら一週間も十日も食べずガリガリに。けっきょく根負けして手から食べさせるという具合だった。健康診断では悪いところがなく、散歩は好きでよく遊ぶ。なのに食べない。それでも十七歳近くまで生きた。

今のチャロはそれに輪をかけて食べない。食事の用意をし始めるとサッとテーブルの下に逃げ込んでしまう。ドッグフードの袋に書かれた体重別一日必要量の最低限を目安に与えているが、それでも四苦八苦だ。なんとか自分から食べないかと、茹でた鶏のササミなどをトッピングしても効果なし。いつか自分からモリモリ食べる姿を見てみたいものだ。

こんなワンコはうちだけかと思ったら、旅先のドッグランで会った柴犬のオーナーさんは「主人が箸で食べさせないと食べないいんですよ」と苦笑い。

また、ある女性アナウンサーは「うちのポメラニアンは父が膝に抱っこしてスプーンで食べさせてましたよ」。ええ〜〜!!　上には上がいるもんだ!!　働かなくても食える境遇だと、生き物はこうなってしまうのかと複雑な気持ちになった。

## 老化を走らない!!

年を取ることには負のイメージが強いけれど、いいこともある。

なんと日本メンズファッション協会から二〇一六「第四回名古屋グッドエイジャー賞」を受賞することになった。

日本男性ファッション界の草分け、ＶＡＮの故・石津謙介氏の志を受け継ぐ協会からで、「ベストドレッサー賞」「グッドファーザー賞」などの一環として設けられた賞。まことに名誉なことだ。

第一回が高田純次さん、次に峰竜太さん、そして内藤剛志さんと続き、今回は僕だ。

妻には「今まで貰った賞で一番うれしいんじゃない？」と冷やかされてしまった。さすが長年連れ添った伴侶、オシャレ大好きな僕の心情を見抜いている。

もちろん本業のトークでもらった数々の賞はアナウンサー人生の大きな勲章だが、今回の賞は全く違う分野の賞で、また別の嬉しさがあるのだ。

子供のころから着道楽、小学校時代の写真でも周りの子より、かなりめかしこんで写っている。今も服装には自分なりのこだわりがある。気を抜けばくすんでしまう年齢だから、年を取るほど身ぎれいにしなければと思っている。

若い人はTシャツだけでかっこいいものだが、年を取ると、ただの肌着に見えたりするからご用心。それにラフ過ぎるとだらしなく見えてしまう。あまりに若作りにしても下品だし、逆に老けているのが目立つもの。適度なトレンドを取り入れつつ、年齢なりの正統な落ち着きを心がけている。要は自分らしさということでしょうか。

さてグッドエイジャー……。「直訳するとカッコイイ年寄りってことだね？」と周りに話すと「いや年寄りじゃミもフタもないでしょ。よりよく年を重ねたいい大人ってことでしょ」。ふ〜ん、そうか。でも別に年寄りでいいじゃない。どうだ！　そこの若いの！　若者にはもらえない賞だぞ！　悔しかったら年取ってみろっ！ってな気分です。

昔の童謡の歌詞に「村の渡しの船頭さんは今年六十のおじいさん」というのがある。知ってます？

「今年六十」ってことはまだ五十九なわけで、昔はそれで充分おじいさんだったのだ。哀調を帯びたメロディーに乗って歌詞はさらに続き「年はとってもお船を漕ぐときは」と徹底的に年寄り扱いだ。今の還暦世代、いわゆるアラ還はアルフィーやサザンの桑田さん、元ラッツ・アンド・スターの鈴木雅之さんなどだから、ずいぶんイメージが違う。

もっとも粋人によるとそのあとの歌詞こそ大事だという。「年はとってもお船を漕ぐときは」に続いて「元気いっぱい櫓《ろ》がしなる、それギッチラ、ギッチラ、ギッチラコ」。これは船漕ぎを夜の営みに例えて、その時は「元気いっぱい櫓がしなる」と自慢しているのだという。ほんとかなぁ……。

おっと話が大脱線！　グッドエイジャー賞に話をもどしましょう。

ここで言うグッドエイジャーとは単にオシャレや見かけのことではなく、年齢を重ねた中身を含めてのことだそう。賞に恥じぬよう生きていかねば、とあらためて気持ちを引き締めている次第だ。

ところで、日本は世を上げてのアンチエイジングブーム。テレビ、新聞、雑誌などには、若さを保つサプリや化粧品の宣伝があふれている。

たしかに年より若く見える方がいいけれど、あんまり無理すると変なことになる。紅白歌合戦なんか見てると、被ってる人、引っ張ってる人、注入してる人などで、一瞬誰だかわかんないときがあるぐらいだから。

逆に若いときはそうでもなかったのに、年取ってから味のあるシワと表情で実にいい顔になる人もいる。僕はむしろ、そっちの方がステキだと思う。

さて去年六十五歳になって敬老手帳が届いたとき番組で話したら「懸賞に当たったみたいに嬉しそう」とか「小堀さんは加齢を楽しんでるから元気なんだね」といったメールがいっぱい来た。

そうか！　アンチエイジングよりエンジョイエイジングだ。年を取るのは長生きしている証拠だから、むしろめでたいではないか。

もっと年を取って体に不具合が出てくれば加齢を楽しむどころではなくなるだろうが、今はまだ初めての老人生活が新鮮な時期。この時間をできるだけ長く楽しむため、日々、健康管理に気を配っていきたい。

外を飾り立てるより中からの健康こそ若々しさの秘訣だ。

好きな服が着られ、長くオシャレを楽しめるよう体型維持にも気を使っていこう。

僕の場合、別にジム通いや特別なスポーツはしていないが、日々の食事と朝晩の愛犬の散歩がカギだ。

なにしろ妻は料理が大好きで美味くて体にいいものが毎日並ぶ。短大や保健所で教えているので栄養バランスも万全だ。そして朝食の片付けをすると昼のメニューの準備、昼が終わるとすかさず夕食の支度にとりかかるという具合だ。多品目少量摂取のお手本のような食事で、けっこう食べるが太らない。毎日、その日の夕食のメニューを書き出した紙を見ながら確認して盛り付けている。

「料理屋みたいだね」と言うと、「いや、書いておかないと何を用意したか忘れちゃうじゃない」。なるほど！　品数多いですからね。

「二人とも体型変わりませんね」と言われるが、こんな僕でも結婚して八キロ太った。結婚前はなんと五十二キロ。ちなみに妻は三十八キロだった。二十四歳で結婚して一〜二年でお互い八キロ太って、それ以来四十年以上。そこから体重が変わらないのは我ながら立派なものだと自負している。

年を重ねると肉より魚が好きになるというが、我が家も五十代のころそうだった。ところが、六十を超えてから、また肉が好きになってきた。体が欲するのだ。

ともすると野菜、果物が多い我が家のメニューだが意識して動物性タンパク質を多くするようにしている。昔の日本は一汁一菜に近い質素なメニューだったから、「タンパク質が足りないよ〜」という製薬会社のＣＭソングがあった。僕も「もう少し肉っけが欲しいなぁ」と思うとき「タンパク質が足りないよ〜」と歌うので妻は苦笑いしている。

妻の教える短大の栄養学でも高齢者の栄養不足問題を取り上げている。年を取ると食欲がなくなり、ほっておくと知らず知らずのうちに栄養不足になるそうだ。

なるほど長寿の人を見るとみんなよく食べ良く笑う。しょっちゅうゲストに来てくださった双子のきんさん、ぎんさんもマグロの刺身が大好きでユーモアたっぷりの方たちだった。動物性タンパク質は、筋肉はもちろん、脳細胞も若くしてくれるようだ。ボケないためにもせいぜいしっかり摂取しよう。

そんななか周りには確実に「代名詞会話族」が増えている。顔は浮かぶが、その人の名前が出てこないのは日常茶飯事。「アノ刑事ものに出てたアノ人」「ああ、昔は悪役ばっかりだったけど最近、いい人役多いアノ人ね」「そうそう、いい性格俳優になったよね、アノ人」「ほらほら名前なんだっけ」「え〜と、ほらほら、あれぇ?」「あ〜何だっけなぁ」

お互い同じ人の顔が浮かんでるのに名前がでない。それでもアレ、コレ、ソレで通じるから不思議だ。思い出さないまま、気分悪いなぁと思っているうち、寝しなに急に思い出して、眼が冴えたりするから情けない。

だいぶ前に、先輩が生放送中「枝豆」が出てこなくなったことがある。「夏はやっぱりアレだよね。えー、ほらビールと合うアレ。緑色の豆、ほらアレね」。アシスタントがまさかと思いつつ「枝豆ですか？」と言うと「それ！　枝豆！　アレいいよね」と言いながら話が進んでいった。最初はギャグだと思ってたアシスタントが思わず「いや〜だ！　〇〇さんってば！」

そういう若い人の中にも「アレ、ソレ」が広がっているのを見るのは楽しい。十歳以上も年下の人が「え〜と何だっけ、あ〜いやだ」とイライラするのを見るのは楽しい。「お〜。いよいよキミも始まったね！　早くこっちに来なさ〜い」ってな気分です。

僕も四捨五入すれば七十歳！「古希」に近い年齢になってしまった。

今は長寿だけでなく「健康寿命」が大切という時代。元気なシニアとして人生の円熟期を謳歌していきたい。

だって日本は百歳以上の人口が六万五千人を超える世界ナンバーワンの長寿国なのだから。

厚生労働省の最新データでは、日本の百歳以上は去年（二〇一五年）より四千人以上の増加、四十六年連続の更新だ。データを取り始めた一九六三年は百五十三人しかいなかった百歳超えが、半世紀ほどでこんなに増えたのは栄養状態、医療の進歩など様々な要因があるだろう。

興味がわいて自分の生まれた年、一九五〇年の平均寿命を調べて愕然とした。なんと男性五十・〇六歳、女性五十三・九六歳、ええ〜っ!! それならオレはもうとっくに死んでるじゃないか！

太平洋戦争からわずか五年、戦争で若くして亡くなった人たち、幼児死亡率の高さ、栄養、衛生状態の悪さなどなど、今と単純比較できる数字ではないが、日本人の寿命の延びは驚異的なことがわかる。

おかげで国は頭が痛い。医療費、年金など高齢化にかかる予算は年々ふくらむばかりだ。そこで今年から、百歳祝いに贈る銀杯を、純銀から銀メッキにすることを決めたそうだ。なんだかセコイ話だ。寿命の延びに国家予算が追い付かないという情けない状況だ。記念品ならまだいいが、生活必需品に必要な福祉予算は大丈夫なのだろうか？ おちおち年も取れない国じゃ若者は心配だろう。

莫大な議員報酬と、上から下まで税金の無駄遣いや不正請求のニュースは後をたたない。いっそ、食うに困らぬ議員や役人から、高齢者や困窮者にカンパでもしたらどうなんだと思う。

逆に空前のペット天国日本のワンちゃん、ネコちゃんは幸せだ。この四半世紀で犬は一・五倍、猫は二倍も寿命が延び、高齢ペット用の食事、介護用品もたくさん出ている。室内飼い、ワクチンの普及、ペットフードの品質向上、ペット保険など、寿命の延びる環境がどんどん整っている。大の愛犬家である僕としては嬉しい限りだ。

しかし高齢の飼い主が亡くなったときの、ペット後見人制度のニュースには「?」と思った。人間の後見人でさえ不正をする輩が多いのだから、物言えぬペットの後見人など、逆に心配の種のような気もするのだが……。

さてこれだけ百歳の人が多いというニュースに、さぞかし親類縁者にも百歳が多いかと思いきや、「いや全然」という人が多い。みなさんはどうなんだろう。

うちはごく身近に一人いた。義母、つまり家内のお母さんが百歳で天寿を全うしている。家内の家系は長寿な人がとても多いのだ。

ちなみに義父も九十七歳まで健在だったから、妻はどっちに似ても長生きだろう。

義父は明治生まれの東大卒、当時としては大インテリ、亡くなるまで頭もしっかりした人だった。若い時は病弱だったそうだが、僕の知る限りではとても元気で、お肉が大好き、食欲も旺盛だった。そして何よりその最期が、まさに名人芸のような見事さ。

いつもどおり夕飯もちゃんと食べ、ソファーでテレビを観ながらまどろむうちに眠るように息を引き取ったのだ。義母は本当に眠っていると思い「お父さん、ちゃんとパジャマになってベッドで寝てくださいよ！」と体を揺すり息が止まっているのに気付いたそうだ。

週二回、実家に顔を出していた妻も、その日の昼、本人に「風邪気味だから明日、病院に送って行って」と言われ「じゃ明日ね」と帰宅した。だからその夜、同居している長男のお嫁さんから連絡をもらったときも「え〜！　だって昼間会ったけど、元気だったじゃない」と半信半疑だった。

通夜や葬儀でも「うらやましい最期だなぁ」「あやかりたいものだなぁ」と言った声ばかりで、明るいお見送りとなった。

その後、六年ほど生きたお母さんは、いつもお供えとお線香のあと「お父さん、まだ迎えに来ないでくださいね」と言ってピシャリと仏壇の扉を閉める。それが可笑しくて僕らはいつも笑ってしまった。

反対にうちの家系は短命だ。母は三十七歳、僕が小学二年生のとき逝った。

大恋愛の末、結ばれた父はたいそう気落ちしたが、その後、再婚して元気だった。それでも七十を前に亡くなった。今の僕とあまり変わらない年だからやはり短命と言えるだろう。

しかし、寿命は遺伝だけではない。「生活習慣病」という言葉があるとおり、多分に後天的要素が大きいらしい。料理や栄養学に長けた妻を頼りに「目標は長生き」と公言して精進していこうと思っている。

## こんなモノ！の極致

さてさて我が家は僕だけでなく妻も大の麺食い。しかし、僕と違って妻のほうが味にシビアかもしれません。

たとえば、海外旅行の帰国便。そろそろ日本食が恋しいころに出てくるプレートの機内食。片隅に、申し訳程度の蕎麦とめんつゆが乗ってたりする。もちろん茹で置きのへにゃへにゃ麺だからコシもへったくれもあったもんじゃない。

しかし妻に言わせると僕の顔は、このへにゃへにゃ麺に負けず劣らず実に幸せそうにフニャ〜っと緩むんだそう。で、「これも食べる？」と妻が自分の分を差し出す。「お〜！　なんと麗しき妻の愛」と感激しながら「食べないの？」と訊くと「いいわ」と笑っている。

多分「こんなモノ」という感じなのだろう。で、僕はといえば「こんなモノ」でもソバはソバ。ありがたくいただくことにしている。もちろん、僕だって普段は「こんなモノ」には見向きもしないが、時と場合によっては「こんなモノ」でも美味しく感じるのだ。

ところが!! いくらなんでも「こんなモノ」は!という蕎麦もある。それは……。自分で打った蕎麦です。今やちょっとした地方に行けば、だいたい自慢のご当地蕎麦があるし、手打ち蕎麦道場なども珍しくない。

ある夏休み、気まぐれでそんな道場に夫婦で参加したときのこと。先生の指導どおりにコネて延ばして薄くたたんで切って……。見た目は先生のと変わらぬ出来栄えに大満足で持ち帰った。

さてつゆと薬味を用意し、張り切って茹で始めたらアレレレ〜〜。蕎麦がブツブツに切れてしまう。ことわっておくが、我が家は夫婦そろって「料理自慢」。おそらく技術、センス、味ともに素人としてはなかなかのもんだと思う。

なぜなら妻は短大で食物学の教壇に立ち、料理本も出し、保健所でエコクッキングを教えたりしている人。ぼくは料理屋育ちだから、子供のときから厨房に入り、見様見真似で包丁使いを身につけ、下働きの若い衆と、嬉々としてまかない食作りをしていた人。だから今でも普通に台所に立つ。

が! その二人にしてこの不出来! まさに「こんなモノ」の極致になってしまっ

た。ブツ切れでもコシがあれば蕎麦サラダにでも、と思うが歯応えもヒドイ！　なんとなくネッチョリとして実に気持ちが悪い。自分で作ったものがあんなに不味かったのは初めてでした。

以来、十年。「あれは何かの間違いだったのでは？」と思い最近また蕎麦打ちをしてみたが、やっぱり「こんなモノ！」というほどひどかった。以来、我が家では蕎麦打ちに絶対に手を出さないというのが家訓になっているのです。

美味い蕎麦は、美味い店に食べにいくこと。家で蕎麦を食べるならお取り寄せした美味い店の蕎麦や、買って来た乾麺や半生タイプの麺を茹でるに限る。

だからなぜ素人蕎麦打ちがブームで、その手の本もいっぱい出ているのかさっぱり理解に苦しむのです。

皆さん、よっぽど上手なのかなぁ……。

**もっとオソバに、ずっとオソバに……**

どんだけ蕎麦の話かい!?とお思いでしょうが、それだけ蕎麦は奥が深い。

数ある麺類のなかで、テレビで一時間の特集ができるのは蕎麦とラーメンぐらいでしょ？

僕はもちろんラーメンも大好きだし、それに関しても一家言あるのですが、それはまた別の機会に。

さて「男の定年後は蕎麦打ちと田舎暮らししかないのか！」と揶揄されるほどその手の特集が多い。女性が早くから自分のワールドを確立しているのに比べ、多くのサラリーマンは仕事仕事に明け暮れて定年後は、急にポッカリと穴があいたような毎日。その穴を埋める何かはないか？と悶々とするとき、シニア向け雑誌に踊る「蕎麦打ち」、あるいは「田舎暮らし」の見出し。ページをめくると充実したグラビアの数々が並ぶ。男は単純だから「コレだ！」ととびつくのは想像に難くない。何故ならどちらもカッコいいからです。

蕎麦打ちは作務衣か何か着込んでいかにも求道者風なイメージ。ちょっと武士道にも通じる和のテイストが漂う。

そして田舎暮らし。海辺あるいは緑の中の広い家でゆったりと悠悠自適。古民家再生かログハウスでロッキングチェア。おおリッチでファッショナブル!!

ところがこれは大間違い。

まずは蕎麦打ち。普段から調理などしたことがない男が、いきなり通販で道具買って蕎麦打ちなど始めようものなら一騒動だ。

「今日はオレが蕎麦打つから」なんて言っても、そこらじゅう粉だらけにするは手際が悪くて遅いわ、マズイわ、台所は洗いモノの山になるわで家中、大ヒンシュクとなる。

そして田舎暮らし。

野菜でも作りながら晴耕雨読、などと思っても、都会で自分のネットワークを築いている奥さんは「冗談じゃない！　あなた一人で行って！」ってなことになる。

### ◆年取ってからが都会暮らし

だいいち年取ってからこそ都会暮らしが必要なんです。買い物に病院にエンターテインメント。そしてスイッチ一つであれこれできる便利な暮らし。夫婦二人になれば広い家は掃除が大変で負担になってくるだけです。

広い田舎の住まいは、不便を楽しむ若い時こそ魅力的なのだ。

年取ってのそれは、せいぜい夏場の避暑や週末の息抜きにしておいたほうがいい。寒い季節の薪ストーブや暖炉などは、寿命を縮めることになりかねない。スイッチ一つで冷房、お湯も出る生活にしておいたほうがいい。

そんな風に思っていたら、蕎麦屋と田舎暮らしに新しい風が吹いているようだ。

あちこちの田舎に、古民家を再利用して若い感性の粋な店舗、こだわりの若い蕎麦職人の店ができはじめている。

最近ではそんな個性的な店の独自の味を訪ねてあちこち食べ歩くのを楽しみにしている。ウマいもの、特に蕎麦はプロに任せて食べに行くに限る。

さてさてここで僕のお蕎麦に関するウンチクをひとくさり。

蕎麦に対する熱い愛を詠み込んだ「いろは歌留多」になっております。

〜お蕎麦いろは歌留多〜
い・一枚のざる蕎麦がすべての基本
ろ・論より味だぜ！
は・歯に衣着せぬ客こそ宝
に・日本人なら蕎麦・寿司・天ぷら
ほ・本で見て行って食ってがっかり
へ・屁理屈こねずに蕎麦こねよ
と・遠くにあってもそば屋とはこれいかに
ち・ちょうちん記事書くエセ文化人

り・リラックスして食いたいね、だって蕎麦だもん
ぬ・抜き差しならない蕎麦の道
る・類は友を呼ぶ蕎麦オタク
を・美味しい蕎麦に能書きは無用
わ・私の好きな店があなたにピッタリとは限らぬ
か・カップ麺に涙する異国の空の下
よ・夜更けのコンビニにも蕎麦のあるありがたい国
た・大衆忘れるバカ高ソバ
れ・列車食堂には何故か無い蕎麦
そ・蕎麦がなければ年を越せない国
つ・つゆの加減がまた難しい
ね・値段も味のうち
な・名前だけの有名店
ら・ラーメンを馬鹿にしちゃダメよお蕎麦屋さん
む・村おこしの蕎麦がけっこうマズくてトホホ
う・うどんかと思うほど太いのは苦手

い・粋がった講釈こそ野暮
の・伸びきった蕎麦でも嬉しい海外旅行帰国便
お・お客あってこその匠の技
く・「喰いたい！」と思ったときは何でもウマイ
や・野暮と言われてもほしい海苔、ネギ、ワサビ
ま・真冬でも冷たいざる蕎麦が好き
け・芸術になっちゃ食いモノはおしまい
ふ・夫婦二人でザル十四枚の我が家
こ・凝り過ぎて蕎麦が見えない蕎麦会席
え・駅の立ち食いだって立派な蕎麦
て・天は蕎麦の上に蕎麦を作らず蕎麦の下に蕎麦を作らず
あ・味の好みは人それぞれ
さ・さりげなさこそ蕎麦の真髄
き・客を選ぶな！　選ぶのは客！
ゆ・夢にまで見るあの店の蕎麦
め・麺類はみな兄弟

み・満ち足りた気分で飲むそば湯の幸せ
し・新蕎麦の季節はスケジュール調整が大変
ゑ・遠路はるばる駆けつけるあの店
ひ・引っ越しに蕎麦配る美風も今は無し
も・もったいつけて待たせるな！　腹へってんだよ！
せ・西洋風マナーではうまくないのが蕎麦
す・ズズーっと音高らかにすすり込む快感
ん・んーん！　やっぱり蕎麦はやめられねぇ！

以上、もともと「季刊　新蕎麦」という雑誌に寄稿した原稿なのだが、これを読んだ静岡のお蕎麦屋さんから「ぜひ店のテーブルに置きたい」と電話があった。「こんなのでよければどうぞ、どうぞ」と申し上げたら後日、風流な和紙に刷られた拙文が送られてきてかえって恐縮しました。お客さんが持ち帰れるよう各テーブルに置いてあるそうな。末尾に「おもしろいものを発見しました！　思わずうなずいてしまうものばかりではないでしょうか」と添え書きしてある。

二十年くらい前の話だが、あのお蕎麦屋さんは今でもこれを置いているのだろうか。

いちどこっそり訪れてみたい気がします。

## 国際麺'ｓ倶楽部をご存知ですか？

かつて「国際麺'ｓ《メンズ》倶楽部理事長」を名乗っていたことがある。

名前は大げさだが、別に何か特別な活動をするわけではない。西に美味い麺があると聞けば行って食し、東に変わった麺あれば、これまた行って食し、「ああだ、こうだ」と勝手なゴタクを並べるだけ。夕方のテレビでワイド番組をやっていたとき、ノリと思い付きで名乗ったものだ。

なにしろ僕は麺が大好き。シャレとはいえ「国際麺'ｓ倶楽部」を名乗る以上、蕎麦、うどん、ラーメンは言うに及ばず、パスタ、ラビオリ、ニョッキ、刀削麺なんでもござれの取材範囲だった。

世に麺食いは多いらしく、単発特集のつもりだったが定期的にいろんな麺を取り上げるコーナーができてしまい、視聴者を巻き込んで結構な盛り上がりを見せていったのだ。

「国際麺'ｓ倶楽部認定証」というのも作って、取材先のお店に置いてくるようになり、自薦他薦を含め和洋中の麺メニューをたくさん紹介できた。

当時、アイドル的な人気だった香港スター、ジャッキー・チェンさまが生出演したとき、映画キャンペーンそっちのけで、麺の話になり「じゃ僕が香港支部長ね」と認定証の下にサインをしてくれた。「やはり誰でも麺は好きなのだ！」と意を強くし「人類はみな麺類！」と意を強くしたものだ。

ただし「成竜」と、香港流に書いてくれれば良かったが、なまじ日本通なだけに「ジャッキー・チェン」と上手なカタカナで書いてくれたのが仇になり、番組を見ていた人以外はみんな偽物と思った。なかには「あんたが書いたんだろう？」と言い出す人までいた。

この認定証はけっこうな人気で「うちの店にも来てくれ」という店が相次いだ。しかし、ずいぶんな数の取材をしたのだが、一度もお店で見かけたことがないのはどうしたことだろう。どこかで色あせた認定証を見た！という方がおいでなら、ぜひ教えていただきたいものだ。

## たびたび旅をするたびに

若いときは夫婦していろんな旅をした。

インド、ネパール、スリランカ etc. etc. ……。

宿も決めず乗継便も取らず、とりあえずタイのバンコクへ飛び、そこでチケット情報を仕入れて次の国を目指す、といった旅だった。

今のようにテロの恐怖なんて考えもしないノンキな時代だったし、僕らも若かった。今にして思えばずいぶん無鉄砲なことをしていたもんだ。

少ないボキャブラリーの超シンプル英語で、ともかくこっちの要望だけをしつこく伝えて粘り勝ち。

最初っから予約して楽な方、楽な方を選ぶ今に比べれば、かなりタフだった。猥雑な下町を歩き回って地元の人でにぎわう食堂に飛び込み、アレコレ注文してエスニックな味を試し、多少、腹をこわしても平気だった。

現地語のメニューしかないときは周りのテーブルを見て、美味そうなのを指さして「アレとコレと」と選んでいると、向こうも興味を持って「これを食ってみろ」「あれはどうだ?」「どっから来たんだ?」などと言ってくる。お互い簡単な英語、身振り手振り、筆談（中国なら漢字、それ以外は絵！）を交えてのコミュニケーションは楽しいものだ。

帰ってラジオで、そんな旅の話をすると、若いリスナーの意外な反響や鋭い質問などもあってなかなか盛り上がった。

のちに海外に飛び出して行ったかつてのリスナーからお便りをもらったりすると、少なからず人の人生に影響を与えたのかなぁ、などと勝手な感慨に浸ったものだ。

先日、東京で大学の教壇に立っている当時のディレクターと電話で話したとき、ご長男の話になった。今、青年海外協力隊でネパールに行っているとのこと。

「コボリさんの話とか聞いてたの関係あるんですかねぇ」とのこと。う〜ん、どうかなぁ。当時、ご長男はまだ本当の子供だったからなぁ。

ただ僕らの行ったころと違い、政情も不安、そして何より先の大地震で多くの歴史的建造物が倒壊してまだ復興もままならない国。結婚して夫婦で任地へ赴いたそうだが、どうか無事で過ごしてほしいと願っている。

そういえば、直接の影響で「あっちゃ〜っ！」と反省したこともある。ラジオの「わ！ＷＩＤＥ」の学生スタッフが、突然「一年休学して世界を見てきます！」と言うのだ。僕やディレクターは「ちょっと待ってよ。まず夏休みとかに一、二カ月行くお試し期間にしたら。だって初めての海外でしょ？」と説得したが時すでに遅し。大学にはもう休学の手続きをしたし、親も了解済みだと盛り上がっている。もはや聞く耳持たず。「帰ったら顔見せてね」と心配しながら送り出した。

それから一カ月ぐらいたったころ、彼が照れ臭そうな顔でヒョッコリやって来た。

「アレレ、いやに早いじゃん。どうしたのさ?」と訊くと、「実は……」と語り始めた。

勇躍して出かけた世界漫遊の旅、最初は緊張の日々、次にやや慣れて新鮮な感動の日々、そして旅を楽しむ余裕ができたスペインだかイタリアで事件が起こった。滞在中のホテルから町に出たとたん、羽交い絞めにされ、パスポートやお金の入ったウエストポーチを奪い取られてしまったというのだ。あっけにとられる一瞬の出来事。

何度かホテルの近くで見かけた男たちだそうで、油断してしまったという。どうやら向こうはホテルの周りでユルそうな旅行者を物色していたのだろう。警察にそのことを話してもあとのまつり。パスポートが無ければ旅は続けられない。大使館で仮パスポートを発行してもらい、ほうほうの体で逃げ帰ったという。

いたずらに若者の冒険心を煽るような話し方をしてしまったかと反省しつつ、体が無事だったことは何よりと慰めた。その後、彼は何事もなかったように復学し、局のバイトも続けていた。

## ◆リスナー旅行でハプニング

パスポートといえば、リスナーさんとの海外旅行企画には気をつかう。

バス二、三台の大人数のうえ、余裕世代だから年齢も高い。出国から帰国まで、間違いのないよう全員に気配り、目配りが欠かせない。

お馴染みの添乗員さんはプロ中のプロなので心強いが、それでも口を酸っぱくして僕らが言い続けるのが「パスポートは肌身離さず」だ。それでも帰国前夜に「パスポートが無い！」と言う方が出てくる。

お別れパーティーや抽選会も盛会のうちに終了。無事旅程を終えたことでヤレヤレ、「さあ明日は帰国ですね」と添乗員さんや現地スタッフの方たちとお疲れさまの乾杯をしている時にそんな電話がかかってきた。

僕は素人だから「大変だぁ！」と青くなる。出発から帰国までが僕らの責任、まさか異国の地に残していくわけにもいかない。しかし、百戦錬磨の添乗員さんは顔色も変えず「ちょっと行ってきます」と客室へ。

数十分後ニコニコして戻り「大丈夫でした」。大事なものを入れたポーチの内側にへばりついていたという。「あそこが一番、死角なんです」とのこと。大切にするあまり奥にしまい、次に財布、それから手帳、などと入れていくうち、財布や手帳にくっついて見失うそうだ。カバンやポーチを一緒に冷静になって探すと、何度か確かめたはずの横っちょに見つけ「ほら、ここにありましたね」というと「あれぇ！　何回も見たのになぁ」と苦笑いするそうだ。

「よくあることですよ」と添乗員さんは落ち着いたものだった。

ところが一度、ほんとうにパスポートを紛失した方が出て、これには焦った。思い返せば、たぶん盗難だと思う。昼食のレストランを出て次の観光地に向かうバスの中で気がつき「パスポートが無い！」。出たばかりのレストランにもどり探したが無い。念のため、チェックアウトしたホテルのセーフティーボックスやフロントにも手を広げ大捜索したが何処にもない。

皆さんには観光を楽しんでもらいながら、スタッフはこの方の留守宅と連絡を取り、宿泊ホテルに戸籍謄本の写しをファックスしてもらう。それを持って旅行社の現地スタッフとご本人が大使館へ向かう。そこで仮パスポートを発行してもらい、後ほどツアーに合流した。結局、一日だけ本隊から離脱しただけで、他のメンバーには気づかれず無事、旅を続けることができた。添乗員さんの旅は我々の物見遊山とはケタの違う肝っ玉ぶりだと感心したものだ。

感心といえば僕の荷物の少なさ。

「どこにそんなに入ってるんですか？」と言われるほどいろんな服が出てくるからだ。たとえばスイス旅行。ホテルのある麓《ふもと》の町では半袖なのに、移動中に長袖、登山電車で着いた展望台は雪景色。フード付きのコートを羽織っても寒いぐらいだ。だから昼はトレッキング、夜はパーティーと様々な場面に対応できる服が入っている。着回しのきく服を選び、限られたスペースに収めて持っていくのがコツ。

現地コーディネーターのご婦人二人が僕の荷物を見て「荷物これだけですってよ」「まさか。もう一つお持ちなんでしょ」と話してる。こちらで暮らして数十年のベテランの方たちで日本語がちょっと昔の昭和調、小津安二郎監督の映画みたいだ。横からうちの添乗員さんが「コボリさんは、いつもそれ一個なんですよ」と言うと二人は顔を見合わせて「まぁ!」。リアクションも昭和の映画の一シーンみたいで可笑しかった。

僕が荷物をコンパクトにまとめられるのは妻の教育のおかげだ。

彼女は学生時代から旅が大好き。夏休みなどは列車を乗り継いでの長旅で日本中を見て回った猛者《もさ》だ。そのうえ山岳会にも入って、登山もしていたから荷物を小さくまとめる名人だ。

僕が若いころ、TBSの「おはよう700《セブンオーオー》」という番組でアメリカ取材に行ったときのこと。一カ月もの長旅のうえ、半袖短パンのロスから朝は凍えるグランドキャニオンまで、服の種類も様々だ。それに下着や身の回り品などで結構なボリュームになるのだが、小さくたたんで整理し、それは見事に収納してくれた。

実にありがたかったが、あとが大変。取材を続けて日がたつにつれ、荷物が入らなくなる。ついには帰国前、航空便で洗濯物を送る始末だった。妻はダンナがアメリカから何か送ってくれた！とワクワクしながら開けたらパンツ、シャツ、靴下!!「何じゃコレは！」と腹を立て、あげく笑ってしまったそうだ。すんません!!

以来、たび重なる指導のせいで僕の収容能力は驚異的に高まり、今や旅のプロにも一目おかれるほどに成長した。妻も「収納、ホント上手になったわね」と誉めてくれる。いや、ありがたい、ありがたい。

さて僕は「小堀勝啓と行く○○の旅」でリスナーさんと年二回の旅行をするが、妻はここ数年、海外や国内の遠出はない。前の愛犬たちのころは、こっちも若いので、平気で獣医さんに預け、一、二週間の旅を楽しんだ。

しかし、こちらが年取ってから飼った今の愛犬は孫みたいなもの。そんなに長くは可哀想で預けられない。この子をちゃんと飼い遂げてから、ゆっくり豪華客船で世界一周でも、と話している。そのころはこっちも七十代半ば。仕事も一段落してるだろうから時間もたっぷりあるはずだ。

それまでは愛犬と一緒に車での旅。幸い夏場は涼しいところ、冬場は暖かいところにゆっくり滞在できる場所もある。二人と一匹、健康に気をつけながら、この時間をできるだけ長く楽しんでいこうと思っている。

## ユル〜イ休日のシアワセ

就職で名古屋に来たばかりのころ、局の先輩たちに「名古屋時間はいい加減だから気をつけろよ」と言われた。

イベントや公式行事の取材で、告知されてる時間に始まらなくても慌てないように、というアドバイスだ。「名古屋時間だからな」と念を押された。

今はさすがに予定通りに始まるオフィシャル行事だが、昔はテープカットなどで「まだ〇〇さんと〇〇さんが来とらんがや」「待っとらなかん」「電話するきゃ?」「ええて、ええて待っとりゃええがね」なんてことがよくあった。

東京や大阪から来賓を迎えているときはさすがにちゃんと始まるが、地元だけの催しものでは途端にユルクなった。こっちは放送に間に合わないと困るからハラハラしながら待っているのだが「わりいねぇ、記者さん」と言いながらちっとも悪そうでない。

さすがに公的なものは時間どおりになった昨今だが、コンサートやライブなどでは時間キッカリに始まることは少ない。ましてやプライベートとなると未だにユルイ。個人的な食事会や飲み会はもちろん、歓送迎会などでも、予定時間に半分から三分の二しか集まっていないことはよくある。

東京、大阪から来た人は面食らうようだが、北海道出身の僕はむしろ楽だった。なにしろ北海道にはさらに上の「北海道時間」があるからだ。待ち合わせの時間に家にいる、なんてことは珍しくない。「ちょっと遅れるから」と電話すると「なぁん〜もだぁ。俺も今出るとこだぁ」。おいおい、まだ出てないんかい！「今、出ました」と言いながらまだ作っているソバ屋の出前みたいだ。

でももっとすごいのは「沖縄タイム」。石垣島出身の女性デュオ「やなわらばー」によると結婚式なんか五、六時間はざら。始まって二時間ぐらいしてから行っても余裕で楽しめるそうだ。東京の結婚式は二時間半で終わるのでビックリしたとも言っていた。

長い間、放送でメシを食っている僕だから時間にシビアと思われがちだが、その分、オフのときはめっぽうユルイ。ましてや遠出をしない休日ともなればユルユルだ。舞台、コンサート、映画などは時間が決まっているが、まったく予定のない休日は本当にノンビリだ。

夫婦して近所のお寿司屋さんで昼からビール&美味しいお寿司をつまむのは休みの

醍醐味だ。ここは十一時に開いたら夜十時の閉店まで休憩なしだから、うちのような気まぐれな時間の客は嬉しい。そして何より美味い！　大将は一流料亭で修業したあと、若くして独立した人。それだけに仕事は丁寧で確か。

たとえばホタルイカなど、あの小さな目を毛抜きで一つずつ取ってあるので、舌触りが実に滑らか。たっぷりと軍艦巻に乗せアサツキのみじんとおろしショウガをトッピングしてチョンと醤油を垂らしたのはもうたまらない。ホタルイカのミソが口にホワ〜ンと広がり、えも言われぬ味わいだ。

トリガイは見事な光沢で肉厚プリプリ。パシッとまな板に叩きつけるとキュ〜っと身をよじり反り返ったのを、さっと握って出してくれる。これがまた歯触り触感とも申し分なし。甘い活きの良さが口中に広がる。

小指の先ほどのコノシロも一匹ずつ丁寧にさばいて並んでいる。朝から板さんたちが総出でおろすそうだ。「どんなに小さくても一匹の魚ですからね。手間はいっしょ」と笑うが、何枚か並べて握ってもらうと魚肌の細かな斑点が美しい模様を描いて食べるのがもったいないほどだ。こんなに小さい光りものなのに酢のシメ具合も絶妙だ。

ことほど左様に極上の季節ネタはどれも究極の技でさらに味に磨きがかかる。そんな手仕事や魚の話をアレコレ聞きながら一杯やる昼下がりのカウンター。昼どきの賑わいが一段落した後を狙って行く至福の時間だ。この時間によくお会いする、僕らが会長さんとお呼びするご年配のご夫婦も楽しい方たちだ。九十を超えて健啖、美食のご主人と、ちょっと下のシャっきりした奥様の軽妙なやり取りも微笑ましい（ご主人は先日大往生をとげられました）。

最近はお任せで握ってもらうことが多い。煮蛤、蒸し鮑など自分では頼まないような新しい出会いもあって嬉しい。こうして舌もお腹も大満足でトロ～ンとほろ酔い。ブラブラ歩いて家に帰ると愛犬がお出迎え。ひとしきり遊んで、ＤＶＤを見ているうちに眠気がやってきて昼寝。あ～最高の休日だ。

ちょっと買い物のときなどは、お気に入りのラーメン屋さんへ。ここはチャーシュー麺の専門店で、よそでは見たこともないメンマと実に美味しいチャーシューが大人気。フワリと柔らかいチャーシューと太さ一センチ四方、長さ五センチほどのメンマがたっぷり乗ったラーメンはやや太めの縮れ麺。これがコクのあるスープと絡んでものすごく美味しい。

バリエーションは麺、メンマ、チャーシューの量の違いで選べる。例えばメンマ多しは丼の上にビッシリで麺もチャーシューも見えないほどだ。あれだけ太いメンマなのにザクッと歯切れが良く、全然硬くない。一見、昆布のようにカンカラカンの乾燥したメンマを水でもどし、長時間かけて煮込んだ逸品で、ほんとうに頭が下がる。野菜、鶏ガラ、豚骨、朝鮮人参、干魚などで丁寧に取ったスープはサラリとしているのにコクがあって最後の一滴まで飲み干してしまうほどだ。

雑誌やテレビでもよく取り上げられる人気店だが、夫婦二人、カウンターだけの味一筋の実直さが素晴らしい。

厨房はいつ行ってもピカピカに磨きたててあり、お二人の人柄がしのばれる。「あ〜美味しかった」と店を出る客に「どうも、ありがとうございました！」と夫婦のユニゾンが響く。並ぶの待つのがイヤな我が家だが、ここだけは待っても食べたいお店なのだ。

で、読んでる方はこの二つのお店「いったい何という店だ!?」と知りたいだろうが……。

ま、ご自分で探してみては、ということでいかがでしょうか？　へへへ。

おっと、シメまでユル〜くなってしまったぜぃ!!

## 行ってビックリ見てビックリ

誰でも知っている世界の名所。

写真やテレビ、映画で見て「知ってる、知ってる」と思っているが、実際にその場に身を置くと「えっ、そうだったの!?」と驚くことが多い。

ここでは、今までの旅で「うっそ〜〜!!」と思ったビックリのエピソードをいくつかご紹介しましょう。

## ◆ナイアガラの滝は夜間閉店!?

リスナー旅行で行ったカナダの旅。

目玉のナイアガラの滝観光を終え、夜のパーティーのあとシャワーを浴び妻に電話した。毎日、何度か電話するが時差がある。朝の妻は元気、夜中の僕はボンヤリだ。愛犬の様子や留守中の話を聞いたり、部屋の窓から見えるナイアガラの滝の様子を話しているとき、思わず目を疑って絶句した。

突然、ライトアップされていた巨大な滝がシュ〜っという感じで消えていったのだ。それにともなってモクモクと上がっていた水煙もシュ〜っと消えていった。まるで大掛かりなイリュージョンだ。

巨大観光地のビッグホテル。どの部屋も、窓から滝が一望できる絶好のロケーション。夜は煌々とライトアップされて、昼とはまた違うナイアガラの滝だ。その滝が夜十二時、照明が消されるとともにほんとに、シュ〜っという感じに消えていった。

妻が「どうしたの？」と言うので「今、滝、終わった」

「え〜〜！　どうゆうこと？」

そういえば昼にガイドさんが言っていた。「夜中十二時に水門が閉まりますから起きてて見るといいですよ。見たことのない光景が見られます」と。

これがそれか！

「夜中に止めて朝また放流するんだって」

「え〜！　そうなの？」

そうなんです！　もともと氷河が台地を削ってできたのがナイアガラの滝。ずっと削り続けて流れ落ちるから浸食が進んでいる。

一九五〇年代には一年に一メートルずつ後退して、このままいくと、しまいには台地が全部削れて平らになってしまい、エリー湖に吸収されてしまうという報告が出た。貴重な観光資源のうえ、水力発電のエネルギー源。これは大変と、六十年代に入ってから大規模プロジェクトが立ち上がりいくつかの巨大な水門を造った。そして夜間は閉じ、朝には開くという作業で維持しているそうだ。

翌朝、窓の外を見ていると七時きっかりにシュワ〜〜っと水が出始め、あっという間に大瀑布《ばくふ》になった。へぇ〜〜、本当なんだ!!

妻におはようコールすると「もう滝やってる？」

「やってるやってる！」

なにしろほんとにスゴイ水量だ！　まさに地球が裂けたかと思うような巨大なくぼみにものすごい量の水が轟々と落下している。手すりにつかまって、のぞき込むとミストで髪が濡れ、大声で話さないと聞き取れないほどの轟音だ。

観光バスで行くうち、まだ数十キロ先から巨大な雲の柱が立ち上っているのが見える。もの凄い勢いで落下するため舞い上がる水蒸気で雲ができるのだ。

アメリカ側とカナダ側の観光スポットがあるが、僕らはカナダ側に泊まった。滝を上からではなく、下から船で見上げる「滝つぼクルーズ」にはこちらの方がいいのだ。

簡単なビニール合羽を渡され、二階建てのクルーズ船に乗り込む。いろんな国のいろんな人種が修学旅行よろしくワイワイ乗り合わせる。もの凄い勢いで落ちてくる壮絶な風景を見上げたり、真横から眺めたりは不思議な経験。滝つぼに落下しそうなほど近くまで行ったりするからみんなキャーキャー言いながら楽しんでいた。

今度は妻と来なくっちゃ、と思う旅だった。

## ◆小便小僧はほんとに小さい！

「そりゃそうだろう。子供だもの」と言われそうだが、そういう問題じゃない。思っていたよりずっと小さいのだ。そしてシチュエーションも全然違う。丸い噴水池の真ん中にお馴染みの小便小僧が立ってジョ〜〜っとおおらかに放尿しているシーンをイメージしていた。像も二〜三歳児ぐらいの大きさはあると思っていたところが!!

小さい。ほんとに小さい。三十〜四十センチもあるだろうか？　もしかしたらもっとあるかもしれないが、すごく小さく見える。

なにしろ一方向からしか見られない。高さ一・六メートルほどの黒い鉄製の装飾柵が半円形に囲む先に、高さ三メートル弱の白い祭壇状の壁。それを背に台の上にチョコンと乗った小さなブロンズの小便小僧がジョ〜〜ッと放尿している。

大きなお祭りの日は、管を清掃してビールやワインを出してふるまうとガイドさんが言っていたが、たぶんそれはネタだろう。だってビールじゃあまりにリアルだし、赤ワインならまるで血尿だもの。

取り囲んだ世界各国の観光客たちが「な〜〜んだ、コレかぁ」という苦笑いで写真を撮っている。これが、いわゆる「世界三大ガッカリ」の一つ、ベルギー・ブリュッセルの小便小僧だ。ちなみにほかの二つはデンマークの人魚姫とシンガポールのマーライオンだ。

しかし、あまりに小さくてガッカリする人が多いので、その穴埋めか街中には、やたら大きな小便小僧の像が多い。「ゴディバ」でお馴染みチョコレートの国だから、僕の背丈ほどもあるチョコレート製の小便小僧や、サングラスをかけベルギー国旗の三色、赤、黄、黒に塗り分けられた小便小僧（これも僕の背丈ほど）などがショップの前に立っていたりする。これはこれで気持ちが悪い。あんまり小さくてもショボイが、かといって大人ほどでかい小便小僧もコワイものだ。

そして近くには、小便少女まであると聞いて半信半疑で案内してもらった。小便小僧からほど近い通り、商店街の裏通りのようなところに像はあった。

こちらは三〜四歳女子の大きさ、リアルにしゃがんだ放尿ポーズで股をこちらに広げている。これは完全にアウトだ。こちらはぐっと近くで見られ、しかも人の顔の高さぐらいのところに鎮座している。ご丁寧に赤い柵には真鍮《しんちゅう》の大きな錠前がつけられしっかり鍵がかけられている。

アメーバブログ「コボリズム」には旅のスナップもアップするが、写真を見せるとディレクターが「これはイカンでしょう！」

僕もそう思った。この国の人は一体なにを考えているのだろう。

### ◆アルプスの少女ハイジはヤマンバ!?

スイス旅行のハイジもすごかった。

イラスト、像、すべてにおいて日本のテレビアニメでお馴染み「アルプスの少女ハイジ」とは全く違って驚く。

裸足で色黒、ボサボサ髪。たいへんワイルドなお嬢さん。言ってみれば野生児、悪く言えばヤマンバのような風情だ。

日本人観光客は「やだ〜〜！　こんなのハイジじゃな〜い！」と言っているが、本家がこれなんだから仕方がない。

世界中の観光客からも「オ〜マイガ〜〜ッ！」なリアクションが上がっている。

クールジャパン日本のアニメは世界でも人気。だから「あのハイジ」を見てた人なのかと思う。しかもハイジのおじいさんも、日本のアニメのように枯れてなく、もっと壮年に近い感じだ。若いときの原田芳雄みたいなギラッとした生命感にあふれている。

こりゃ山小屋にハイジと二人で住んでちゃアブナイんじゃない?などと不謹慎なこ

とを言い出す人もいる始末。やっぱり空気薄いから、これぐらい元気そうじゃないといかんのかなぁ、などと思った。

なにしろ登山鉄道で登った展望台では、ちょっと早く動くとフワ～～とする。大きく息を吸ってゆっくり動くのがコツだ。

目の前にそびえる雄大なモンブランを見上げ、「すご～い!!」と感動していると、後ろでゴンと鈍い音。振り向くと若い白人女性が倒れている。隣には座り込んだ相手の男性。

高山病だ。慌てて添乗員さんと頭を支え、「大きくゆっくり息をして。リラックスして」などと英語で話しかけ、息を整えさせるうちに少しずつ顔色が戻って来た。後ろから同行のディレクターが「コボサン、カッコイ～～～!」

本物のアルプスの少女ハイジは、ヤマンバと原田芳雄ぐらいタフでないと成り立たない世界かもしれないと実感したのだった。

### ◆ピラミッドは街の中!?

空港からホテルに入り、窓から外をながめるとむこうにピラミッドそっくりの建物。「さすがエジプト。あちこちにピラミッドそっくりの建物があるなぁ」と思った。

たくさんの車が行きかうカイロの繁華街。男は白く長い服、頭には輪っかで止めた白い布をかぶりヒゲを生やしている。女性は髪や顔を布で隠し、全身を覆うゆったりとした服。若い人はジーンズやＴシャツだが、さすがにみんな濃い顔。

「おお！　これぞエジプトだなぁ」と思う。

一服したあと観光に出発する。まずはピラミッドとスフィンクスだ。

ツアーバスで喧騒の街並みを見ながら移動、ずっとホテルから見えたピラミッド風の建物が車窓から見えている。バスはゆっくり走りながら二十分ぐらいで広い駐車場へ。

「さあ着きました」と言われ、「近いんだなぁ」とビックリ。そして「え～～っ！

アレってホンモノのピラミッドだったの⁇」

そ～～なんです。ずっと窓から見えていた「ピラミッド風」は「風」ではなくピラミッドだったのだ。三つ並んだ有名なギザのピラミッドとスフィンクスはこんな街の中にあったんだ。もちろん周りは広い砂漠だけれど、その砂漠の周りはすぐそこまで市街地が押し寄せている。

そして巨大なピラミッドとスフィンクスの周りにはおびただしい数の観光客がわらわら歩いていて大賑わい。そこにまとわりつく土産物売りの人々。

絵ハガキやガイドブックで見る広大な砂漠のなかの孤高の風情とは程遠い。あれはたぶん、人払いか、早朝、人がいないときに撮ったのだろうなと思った。

妻とプライベートで行ったのは阪神大震災の前年。リスナー旅行はその二十年ぐらい後。しかし違いは一つだけ。観光客相手にラクダを引く人が、今はケータイをしながらになっていたこと。あとは悠久のエジプトの風景と喧騒の人波だった。

いつまでもこの国は変わらないのだろうなと思っていたが、そのあとほどなくアラブの春……。タハリール広場を埋め尽くすデモの人波。これで一挙に民主化されるのかと思ったら反動で、強いイスラム化。まだまだ政情不安で今はちょっと行きづらくなった。

いいときに行っておいたなぁとつくづく思っている。

## ◆かんべんしてくだチャイナ!

近年、中国の横暴さが目に余るようになってきた。尖閣諸島をはじめ、アジア諸国周辺は「全部オレの海」と言わんばかりの海洋進出。国際裁定機関が「ノー」の決定を出しても「知るか!」という態度は昔のガキ大将の様だ。

ガキ大将はせいぜい近所やクラスの小さな世界、しかも大人になれば分別がつくものだが、中国はどうだろう。舞台は世界、つまり地球規模。経済力はもとより強大な軍事国家だけに、このまま大人になって「オレが全て」のままではエライことになる。

その中国にはまって夫婦でよく出かけていたことがある。

最初は今から三十年近く昔だから大変だった。今でもまだマナーの問題など、いろいろ言われる国だが、当時はそんなレベルじゃなかった。

駅で切符を買っていると、後ろから人の頭越しに何本も手が伸びてきて大声で「〇〇！」「△△!!」「◇◇!!」と自分の行き先を叫ぶ。駅員も順番なんか関係ない。声のデカい人優先で切符を売るから、こっちはいつまでたってもありつけない。結局、さらに大声で行く先を叫んで手に入れた。

そのあとも大変だ。行く先に着いても宿を取るのに一苦労。なにせ愛想がない。フロントの人間同士がペチャクチャ喋ってて、「部屋を！」と声をかけてもウルサそうにジロッと見て「メイヨ〜！」。つまり「ないよ！」ってこと。取り付く島もないとはこのことだ。どこへ行っても「メイヨ〜」の嵐で本当に疲れた。まったく勘弁してくださいな。

最初にこれを経験したから、次からはだんだん慣れてきた。何度か訪れるうち近代化も進み、やや旅もしやすくなった。三千年の歴史を誇る国、万里の長城は気が遠くなるほどのスケールだし、見るものすべてが圧巻だった。

ただその長城は、煙草を吸いながら大声で話して歩く人、茹でピーナツの殻を食べ散らかして歩く人、そこらじゅうに「カ〜〜ッ、ペッ」とタンを吐く人などで無茶苦茶きたなかった。外国人観光客は、小さくなってその間を歩いていたものだ。

最近行ったときはそんなことはなく、ずいぶんスッキリしていたが、逆にコンクリートで舗装して大問題になったニュースにビックリした。

古都・西安は妻と、そのあとはリスナー旅行で何度か訪れた。かつては長安と呼ばれシルクロードの出発点として栄えた街だ。

秦の始皇帝・兵馬俑《へいばよう》一帯は歴史資料としても観光地としても有名な世界遺産。始皇帝の死後の世界を守り支える副葬品の数々が発掘された巨大な遺構だ。特に知られるのが、現在八千体が発掘されている、兵士や文官の像だ。

一号棟には、等身大、というより人間の一・五倍ぐらいの大きな焼き物の像。巨大な体育館のような建物にズラリと並ぶ兵士像は壮観だ。周りをぐるりと囲む通路から見学する、半地下式の空間に整列した兵士たちの像。土色一色の焼き物に見える。しかし近くのガラスケースに展示されたものを見ると所々に赤や緑の彩色の跡が見える。もともとは色とりどりの鮮やかな色彩のものだったことがわかる。

ほかに二号棟、三号棟もあり全部で二万平方メートルを超える規模だ。なにしろ発見されたのはまだ最近、一九七四年のこと。井戸掘り中の農民がいくつかの頭部を見つけたのがきっかけで大々的な発掘調査が行われ、二十世紀最大の発見となった。今もまだ発掘が続いており、学芸員の人たちが像のまわりの土を刷毛《はけ》で取り除く作業をしているのが見られる。

その兵馬俑の外には土産物屋や露店の物売りがズラリ。人気は焼き物の兵士像のミニチュアセット。十五センチほどの人形が四体ビニール網の袋に入っている。これを手に持った男が片言の日本語で「ヒトツ百元（日本円で百二十円ぐらい）、ヒトツ百元！」と叫んでいる。

妻が袋を一つ持ち「これちょうだい」と百元を渡すと、男はニヤッと笑って袋の中の人形を数え「ヒトツ、フタツ、ミッツ、ヨッツ。はい四百元！　もう三百元ネ！」おいおい勘弁してくださいな！　それって詐欺じゃないか！　コノヤロウ！　どうしてくれよう、と思っているうちに妻が、「よこしなさい！　いい加減にしなさい！」と叱って袋を取り上げた。周りの男が「や〜い、おこられてやんの！」という感じで冷やかし、男は「へへへ」と笑っていた。そして他の観光客に向かって「ヒトツ百元、ヒトツ百元！」を繰り返していた。

最近の中国の横暴さを見るにつけ、あの時を思い出し、儒教発祥の地なのに礼節はもう歴史の彼方か、とため息がでてしまう。

### そんなの昔なかったし……

放送には、流行もの、ニュース、ゴシップなどの時事ネタもあれば、季節の行事、食べ物など歳時記ネタもある。

とくに歳時記的な話題は、毎年くり返しながらリニューアルされていくから、ほぼ永遠のテーマ、街の風景ともリンクして飽きることがない。しかも商魂たくましく目まぐるしい速さで舞台転換していく。

たとえば二十五日夜までクリスマスツリーの置かれた場所に、二十六日朝には正月飾りという具合だ。欧米では年明けもクリスマス飾りのままが大半、ディスプレイにも「MERRY CHRISTMAS & A HAPPY NEW YEAR」と書かれている。そしてクリスマスセールはクリスマスが終わってから始まるのだ。一般家庭のツリーも一月七日ごろまで飾られている。実にゆっくりとクリスマスを楽しんでいる。

そうそう、クリスマスをフランスで過ごした知人の話。なにせパリのクリスマスだ。街はどんなに華やいでいるだろうと期待していったら普段よりひっそりとしている。

そうクリスマス当日はみんな家庭で楽しむもの。

仕方なくホテルで過ごしたが、フロントもスタッフ仲間と自分たちのクリスマスを楽しんでいる。用事で呼び出してもホロ酔いでそっけない。みんな自分のクリスマスを味わっているのだ。商売っ気のないことおびただしく、すこぶる不便で居心地が悪かったと苦笑していた。

それに引き換え今の日本は、なんの行事も商業ベースで流れ作業だ。

たとえばお正月。昔は初詣の賑わい以外はひっそりとしていたものだ。お店だって三が日は休みだった。ところが今や元旦から営業のデパートも珍しくない。客も行列して福袋をもとめるようになった。

そんな正月が終われば節分、そのあとはバレンタイン、そしてすかさずひな祭りが待っている、という具合だ。そのうえ、新顔の恵方巻やら半夏生《はんげしょう》やらハロウィーンやらで一年の半分以上は何かのイベントで商売する国になってしまった。

考えてみればバレンタインだって十分に新顔、僕の若いころにはそんなのなかったのだ。

「コボさんなんか学生時代からチョコの山だったでしょう?」なんてメールも来るが「イヤ、まったく、全然! だってそんなの昔なかったし」と答えると「え〜、んなこたぁないでしょ？」。いやいやほんとに、中高生のころはもちろん、大学時代にだってそんなのなかった。

チョコ業界の仕掛けでバレンタインデーが日本独自の商戦を開始したのは一九五〇年代後半。しかし定着するにはずいぶん時間がかかったのだ。

僕の記憶に残るバレンタインデーは、深夜放送「わ！ＷＩＤＥ」を担当してるころだから、三十を三つ四つ過ぎたころだ。急にチョコレートが山のように届いて面食らった。それから毎年、たくさんのチョコが来るようになりピーク時は段ボール箱二つぐらいにもなった。

スタッフはもちろん、局の配車係を通じてタクシーのドライバーさんたちにもおすそ分けするほどだった。ちょうど、『たのきんトリオ』にはトラック二台分」とか芸能誌が書いてたころで、世の中全体がそんな風潮だったのだろう。

そして、ついにハロウィーンの売り上げがバレンタインデーに肩を並べてしまった。二〇一五年はハロウィーン、バレンタインともに千二百億円台の市場に。

ニュースの「ハロウィーンの渋谷の賑わいです」なんて中継を「バッカじゃなかろか」と思ってただけに実に意外だった。

バレンタインは義理チョコにしろ周りでまだあるけど、ハロウィーンに仮装してる人なんか周りにいない。ほんとかなぁ?と思うが、若い人たちはやってるんでしょうね。

この金額はたぶん人数より、単価の違いだろうと思う。チョコよりコスプレの衣装代やメーク代の方がはるかに高いだろうからなぁ。それにしてもバレンタイン、ハロウィーンともに西洋のものなのに、元の姿と全然関係なく日本独自の発展をしていくのが面白い。

バレンタインはチョコと関係ないし、ハロウィーンは古代ケルト人のお盆みたいなもんで、亡くなった人が帰ってくる日だそう。故人にまぎれていろんな悪霊まで蘇ってくるので、魔よけにコワイ扮装をしたのがルーツだという。それがアメリカで収穫祭と一緒になり、かぼちゃランタン、仮装にキャンディーなど今の形になっていった。

日本では九十年代の東京ディズニーランドのハロウィーンパレードが火付け役ではないだろうか? それがアニメやゲームキャラなどと合体して日本風ハロウィーンの隆盛になっていったのだろう。なにしろ世界コスプレサミットが開かれる国、外国人が仮装して「ニッポンノハロウィーン、サイコー!」と渋谷で叫ぶ時代なのだ。

それにしてもお菓子業界は穏やかじゃないだろう。せっかく仕掛けてここまでバレンタインをビッグビジネスにしたのだから。おまけに日本オリジナルのホワイトデーなるものも発明した。こちらはバレンタインが盛んになった八十年代に入ってから。

お返しに、一カ月後、マシュマロやクッキーを贈ろう！というやつだ。これが韓国や台湾にも飛び火してさらなる進化を遂げた。中でもお隣の韓国ではブラックデーが結構な人気だ。

ホワイトデーのさらにひと月後、四月十四日に、チョコをもらえなかった男性や、お返しをもらえなかった女性が黒い服で集まり、真黒な激辛麺やイカスミパスタ、ブラックコーヒーなど黒いものを飲食するのだ。自分たちでフェイスブックにあげたりツイートしたりして、嘆くより、むしろ楽しんでいるようだ。

韓国ドラマにも「やれやれ、今年もブラック麺食うことになりそうだなぁ」なんてセリフが出てくるぐらい定着しているようだ。

面白いのはブラックデーに集まった人どうしが意気投合してカップルになることも多く、新しい合コンの場になっているという話。そろそろ日本にも逆輸入されているようで、そのうち新顔の記念日としてブラックデーがニュースになるかもしれない。

新顔といえば、いつの間にか本家の豆まきから節分の主役になりそうなのが恵方巻だ。普通の太巻きから年々バージョンアップ。最近はマグロ、白身、イクラなど生のネタ満載の豪華版や、アボガド、テリヤキチキンなどのカリフォルニア・ロール風、イチゴや生クリームのロールケーキ、恵方スイーツまで登場して大賑わいだ。

これだって僕が名古屋に来たばっかりのころ、四十年前にはなかった風習。もとは大阪の船場商人が江戸時代から楽しんだ節分巻きがルーツらしい。そこに海苔業界とコンビニ業界が着目したのが的中、全国区になっていった。

特にセブン‐イレブンによる「恵方巻」というネーミングと、その年の恵方、つまり縁起のいい方角を向いて無言で一気に食べる、というセレモニー性がウケたのだろう。名古屋には一九九八年ごろに入って来て根を下ろした。番組にもその時期、恵方巻に関するメールやファックスが多い。

そしてついに「節分にコスプレで神社参り」のニュースが！　日本人は何てコスプレが好きなんだ！　もともと京都では江戸時代から戦前まで、節分に仮装して鬼を払うという「節分おばけ」の風習があったそう。またこれを盛んにしよう！　という活動もさかんになってきた。

京都祇園の花街では戦後もずっと続いていて、周防正行監督のミュージカル「舞妓はレディ」にその辺が詳しい。話はそれるがこれは実によくできた映画で原点はもちろん「マイ・フェア・レディ」だ。

ガサツな女の子を大学教授が貴婦人に育て上げる話を、東北の山奥から出てきた子を雅な舞妓に育て上げる大学教授の話に置き換えている。祇園の舞妓ことば、男衆と呼ばれる世話係や、旦那衆の役わりなども丁寧に描かれ、歌われる曲、振り付け、カメラワークなど実に見事な一本に仕上がっている。ＤＶＤでぜひご覧を！

さて話をもどすが、日本は本当に商魂たくましい。四季のある国だから暦とイベントを組み合わせやすいのだろう。

土用の丑の日にうなぎを食べるのだって、平賀源内が発案したアイディアというが、今やしっかり定着している。

そして半夏生にはタコを食べましょうなんてのも、いつの間にかスーパーのチラシをにぎわすようになった。

「母の日」には「父の日」、「敬老の日」に対して「孫の日」まで出てきた。そのうち毎日が何かのイベントと結びつけて商戦が繰り広げられるようになるだろう。あ〜、なんて忙しい国なんだ！

それにしてもかなり前に入ってきた「サン・ジョルディの日」はなかなか定着しない。スペインのカタルーニャ地方に伝わる風習で、男性は女性に花を、女性は男性に本を贈る、という優雅な風習だ。八六年に日本に入ってきた。四月二十三日で、この日は世界図書デーにもなっている。花屋業界や書籍業界がさかんに宣伝するが広がりを見せない。女性は花よりブランドバッグのほうがいいのか？　男性は頭を使う本が苦手なのか？　品のいい記念日と思うんだがなぁ……。次のサン・ジョルディにはぜひ、この本を贈っていただきたい!!　とは厚かましくて品がないので言いませんが……。

## 人生バランスが大事

正月特番のシメで、出演者全員が書初めをしたことがある。

「今年の抱負」みたいなことを書こうということになって、「エコからエロまで」と大書したら、みんな「え〜〜〜ッ!!」。

「いやいやこれは深い言葉です！　人間万事バランスが大事。エコは大事だけど、エコばっかり押し付けちゃ息苦しいでしょ？　エロもまたしかり。下ネタも楽しいけど、それしか話さない人って引いちゃうでしょ？　要はバランス。それにエコに一本足すとエロ。エロから一本引くとエコ。人生の真髄です」と煙にまいた。みんな「な〜るほど！」と言いかけて「そうかなぁ」。

ま、しかし何事もバランスが大切なのは確か。今の世の中、ずいぶんバランスが悪い。日本は憲法を変えたい、ロシアはクロアチア侵攻をやめない、中国はゴリ押しの東シナ海侵出、北朝鮮はミサイルを撃ちまくり、イギリスはＥＵ離脱、アメリカではトランプ氏が超タカ派の発言を繰り返し、中東はあちこちで戦闘中だ。そしてナチスによるユダヤ人迫害という暗い歴史を反省したドイツでさえ、難民排斥の気運が高まり、また同じ道を歩みかねない勢いだ。

報道機関は中立とよく言うが、世の中全体の針が右に触れている時の中立は、正常なときよりかなり右寄りの位置、と思ったほうがいい。

なにせＮＨＫ会長が「政府が黒と言うものを白とは言えんでしょう」と言う国だ。それでは大本営発表を垂れ流して戦争に突き進んだ戦前と同じではないか！

メディアは権力の手先ではない。権力を監視しながら皆さんに様々な情報を届けるのが仕事ではないか。なんて見識のない、教養のない、下品な発言だろうとビックリした。

どうも最近は高学歴、低教養の人が多くなった気がする。昔は学校なんか出てなくても、しっかりとした価値観を持ち、気高く生きている人格者が多かった。つまり低学歴、高教養だ。貧乏でも一つの道を究めた下町の職人さんなんかがいっぱいいたものだ。

それにくらべて最近はなんてバランスが悪いのだろう。

作曲家の三枝成彰さん、作家の林真理子さんが「最近の新聞でちゃんとものを言ってるのは東京新聞だけだよね」と話しておられた。

東京新聞はつまり中日新聞のこと。東京での名前が東京新聞なのだ。日頃、愛読して、長いものに巻かれないはっきりとした視点と論調に喝采を送っていただけに我が意を得たりと思った。

東日本大震災のあと、震災遺児の夢を叶えるため、成人するまで文化、スポーツで支援し続けようとプロジェクトを立ち上げた三枝さん。林さんも協力して各界から賛同の輪が広がった。そのシンポジウムが名古屋でも開かれたとき司会進行をした。その控室での話だ。

まだ震災の翌年だったのに、すでに原発に対する報道も減り始めていたころだ。そんな風潮に憤りながら、それでも社会活動だけに特化することのないお二人。それぞれの専門分野で活躍もされ、美味しいものや美味しいワインにも興味津々なのが素敵だ。それこそバランスの取れたライフスタイルだと思う。

バランスといえば食べ物もそうだ。

一日一食、ベジタリアン、糖質カットなどなどいろいろな食生活スタイルや健康法があるけれど、どれも僕には無理、無理。いろんなものが食べたいし、けっこう食いしん坊なのだ。それでも体型維持ができているのは、ひとえに妻の料理のおかげだ。

朝から多品目少量摂取のメニューが並ぶ。朝は、トースト半分、ハムかソーセージとサラダ、果物二種、ヨーグルト、コーヒーか紅茶。これが我が家のスタンダードだ。

日曜は朝七時からの番組で四時半起きだが、それでもシャワーのあと、これだけは食べて出かける。朝きちんと食べないと頭も体も始動しないのだ。前の晩にしっかり用意しておいてくれる妻に感謝、感謝で迎えの車に乗る。

おかげですこぶる体調も良く、食欲も旺盛だ。若い時と違ってドカ食いはできないが、年の割には良く食べる方だと思う。グルメ雑誌で毎月、名店を訪ねる連載を持っているが、和洋中エスニック、何でも美味しくいただき完食している。

しいて言えば単一メニューのガッツリ系は苦手になった。例えば大盛りカツ丼、大盛カレーだけ、などだ。唯一の例外はお蕎麦。

今年、リスナー旅行で行った北海道、東北の旅で盛岡名物わんこそばを食べたときのこと。ガイドさんが「お店によってバラつきはありますが、今日のお昼の店は男性八十杯、女性は六十杯で、認定証の手形がもらえますよ。がんばって挑戦してみてください！」

店に入るとテレビでみたとおりの風景。お姉さんたちが、食べたとたんにお椀におかわりを入れていく。普通はお姉さんがカウントしてくれるのだが、僕のツアーは八十人ぐらい。とても手が回らないから、長テーブルに一人ずつの前にカウント計が置かれている。交通量調査のカチャカチャだ。これを食べるごとに自分で押す。食べる、押す、お代わりのサイクルで大忙しだが、これはなかなか合理的だ。

お蕎麦はつゆをからめた一口サイズ。思ったよりコシがあって、ちゃんとした味だ。みんな最初は勢いよくツルッ、ツルッと食べ始めたが、だんだんリタイアする人が出てくる。ぼくもお蕎麦好きだが八十杯はどうかなぁ、と思ったが、けっこう美味しいのでどんどん入る。あれよあれよと六十杯。まだまだ余裕で行ける。隣の方がギブアップしたのでカウント計を押してもらう。そしてすぐに八十杯。

係のお姉さんが、「おっイケるイケる！」と煽《あお》るので食べているうちだいぶお腹がきつくなってくる。そしてストップをかけたのが百一杯だった。もちろんツアーメンバー中、一等賞！　めでたく木製の認定手形をいただいた。

バスにもどるとガイドさんが「その体のどこにそんなに入るんですか⁉」と目を丸くした。

この日の夕食は奥入瀬のリゾートホテルでコース料理。さすがに炭水化物は抜いた。それでも前菜、野菜、お肉は食べた。これがバランスだ。

それにしても最近は世界規模でお天気のバランスさえ狂っている。

昔は僕の故郷・北海道に台風なんか来なかったのに、今年は何個も来た。雪の備えはしていても台風なんて初めてだ。亡くなった方、家を流された方、玉ねぎやジャガイモなどが水に浸かり一年分の収入がダメになった方……。被害の大きさは計り知れない。

干ばつに泣く国、大水に泣く国など極端な天気は毎年のようだ。

一度狂った自然のバランスはなかなか元にはもどらないのだろうか？

# 第六章　今日も明日も楽しく幸せに

## 名古屋より愛を込めて

全国アンケートで「日本一行きたくない街」に選ばれてしまった名古屋。「そんな奴は来るな！」と言いたいところだが、経済効果などを考えるとそうもいかない。あの手この手でイメージアップに知恵を絞る名古屋なのだ。

しかし実際に住んでみると、こんないい街はない。

海にも山にも近いから遊びに行くにはとても便利。海の幸も山の幸も美味しいものがいっぱいだ。東京、大阪に比べればコンパクトでどこに行くにも便利。地価も安いから持ち家も家賃も安い。まことに住みやすい街ではないか。

僕が名古屋に来たころは自嘲気味に「偉大なる田舎」などと称していたが、都会の便利さと田舎のゆったりさを併せ持つということでおおいに誇るべきなのだ。

観光に魅力がないのかとも思うが、歴女に人気の戦国武将隊の火付け役は名古屋だし、世界コスプレサミットが開催されるコスプレ文化の聖地でもある。いわばクールジャパンの一角を担う街ともいえるのだ。

そして売り出し中の「名古屋メシ」。そのインパクトで独自のB級グルメとして注目を浴び、続々と東京進出中だ。僕も初めはあまりのユニークさに驚いたものだ。

名古屋では当たり前すぎるメニューだから今さらと言われそうだが、人気店の駐車場には、愛知、岐阜、三重のご近所エリアナンバーも多い。案外、まだ未経験の方も多いと思い、ここでちょっと有名どころをおさらいしてみよう。

### ◆たとえば「あんかけスパ」

スパゲティなのにあんかけ？　あんかけは和食か中華だろうに！と思うが一応イタリアンだ。中華風な甘酢あんかけでも、オイスターソース風味でもない。食べた人にしかわからない味なのだ。

何味とも形容しがたい複雑な味で、和風でも中華風でも洋風でもない。しいて言うならば名古屋風だろうか。タバスコを振っていただくピリ辛味に、すっかり癖になってしまう。

硬めに茹でておいた太めのスパゲティを熱々の油に通しサッと油切り、メニューから選んだトッピングの上に、どろりとしたあんをかけるという手順。ポピュラーなのは赤いウインナーソーセージと玉ねぎの炒めたもの。目玉焼きをのせる人もいる。僕と妻は豚肉の卵つけ焼き、ピカタがお気に入りだ。うちの行くお店は、しょうが焼きほどの中厚のお肉で食べごたえがあるが、他店では卵の衣だけがたっぷりで、豚肉はペラペラの薄肉だったりする。お店によっていろいろな特色があって面白い。

## ◆名古屋人のソウルフード「味噌煮込みうどん」もかなり個性的だ

味噌といえば赤味噌の名古屋。これを使った煮込みうどんは、日本中のうどんファンから別格扱い、ひどい人は異端扱いするほどユニークだ。ともかく麺が硬い。讃岐、稲庭といったうどんの「コシのあるシコシコ系の硬さ、弾力ある硬さ」とは全く違う。むしろパキッという硬さだ。噛み切った断面を見ると中心が白い。アルデンテではない。やや粉っぽいのだ。

僕は初体験のとき「すみませ〜〜ん、煮えてません」と言って、同席の名古屋人に「いやいや、これでいいんです。これが味噌煮込みなんです」とたしなめられた。

中心は硬いがまわりはトロリと溶けている。これは生麺を、茹でずにそのまま味噌だれの土鍋に入れて煮込むからだ。したがって味噌のスープにも打ち粉が溶け出しトロ味がつくのだ。

名古屋初心者の転勤族は最初「え〜ッ！」と引いてしまうが次第に慣れ、ついにはファンになってしまう。次の赴任地から「ミソニコ送って〜〜」と電話してくるほどになる。

生粋の名古屋人はこれとご飯を食べるのが好きだ。炭水化物×炭水化物のテッパンでんぷんメニューだ。

この赤味噌文化は、うどんのみならず、おでん、どて煮、鶏鍋、味噌カツなど、広範囲にわたっている。チューブ入りの甘辛い赤味噌ダレが売られており、海外旅行に持って行く人も多い。「これさえあれば、いつでもどこでも名古屋なのだ！」というわけ。赤味噌愛はここまで深いのだ。

**◆台湾ラーメンも不思議だ。CMでも言っているが「台湾にないよ〜！」**

生粋の名古屋オリジナルメニューなのだ。

ではなぜ名古屋なのに台湾なのか？　元祖台湾ラーメンのお店で考案者のご主人にインタビューしたことがある。それによると、故郷・台湾のタンツー麺からヒントを得たそうだ。これは濃い目の汁をからめた小皿麺で、小腹が空いたとき気軽に食べるものだそう。

これを改良、発展、進化させ全然違う名古屋名物・台湾ラーメンが誕生した。小ぶりでやや深めの丼に入ったラーメンに、炒めた挽き肉、もやし、ニラがトッピングされている。一口すると、これが辛い！　ものすごく辛い!!　ピリ辛なんてもんじゃない！　激辛中の激辛。辛いの苦手な人はこれだけでヒーヒー言う。しかし美味い！

辛ウマだ。隣の席の中年男性二人が「おい、今日はちぃと辛過ぎやせんか?」「そだな。いつも以上だなぁ」と言いながら禿げ上がった額に玉の汗で麺をすすっている。

いちど取材で厨房に入れていただいたが、鼻がツーンとして目がシパシパしてくる。涙でかすむ目で見ると、大きなポリバケツが並び、中に刻んだタカノツメ、つまり乾燥赤唐辛子がたっぷり入っている。

注文が入るとコックさんが、それを柄杓《ひしゃく》ですくってパッと中華鍋に投げ入れひき肉やニラと一緒にジャーっと炒める。ときどき鍋の横をカンカンと叩いて調子をとり、あっと言う間にスープと麺の入った丼に乗せて一丁上がりだ。

どの料理も香辛料の効いた本格的な味だが、皆さんのお目当てはやはり台湾ラーメン。地元はもとより遠方からの客で連日大賑わいだが、台湾から来る観光客もいるのが愉快だ。

近年は辛さを抑え気味の「アメリカン」というのも人気で、ホールと厨房を行き交う中国訛りのやりとりに「タイワンアメリカン、イッチョウ!」という声も混じる。

「台湾なのにアメリカン?」などと野暮なことは言わず、喧騒の中でパンチの効いた味に舌鼓を打ってほしい。

## ◆いつの間にか鰻料理の筆頭「ひつまぶし」の存在感もたいしたものだ

ルーツはウナギ料理屋のまかない食。蒲焼の切れ端を集めてお櫃《ひつ》に入れ、タレをかけて混ぜた質素なものだったらしい。常連客が「オレにもそれを」と言うので出してみると意外と好評。試行錯誤するうち徐々に形ができあがった、という話だ。

それが今や蒲焼きがご飯を覆いつくす豪華版になり、高級料理に出世した。最初はうな丼の脇役だったが口コミで広がり、遠方のみならずアジアを中心とする海外からの観光客にまで人気を博している。

「最初は混ぜてそのままで、次にアサツキ、ワサビ、海苔などの薬味を混ぜて、最後はお出汁をかけて召し上がれ」という「一粒で三度美味しい」方式が、何事も「お得感」を大事にする名古屋らしいではないか。そう、名古屋人はこの、「お得感」「お値打ち」が大好きなのだから。

手羽先唐揚げ、小倉あんトースト、コメダコーヒーのシロノワール etc. etc. ……。挙げればまだまだあるユニークな名古屋メシ……。グルメの視点だけでもこんなに魅力的なものがたくさんあるのに、なんで「一番行きたくない街」なんだ！と考えるうち、ふと思った。名古屋の魅力は「日常的すぎる」のではないだろうか？

「住み易い」「暮らし易い」ということと、「遊びに行きたい」ということとは別なのだ。遊びに行きたい人は「非日常」を求めているのだから。沖縄、北海道、京都などは漠然と非日常のイメージを持っている。そこが人気なわけだ。いわば「恋人にしたい男」の魅力を持っている。なんとなくロマンチックで華やかなのだ。

それに比べ名古屋のイメージは、あまりにもまともで実直すぎる。こちらは「結婚したい男」のタイプ。安心できるが面白みに欠ける、ドキドキ感がないというわけか。でもなかなかいいヤツなのになぁ。

四十数年住んでみて断言できる。ここはいい街だ。ま、住んでる側としては、来たくなければ別に来てもらわなくてもいいんだけどなぁ……。

## 手前味噌はウマい！

素人包丁で料理の話はよくするが、リスナーにも腕自慢男子がいて梅干しやラッキョウなど手のかかるものを届けてくださる方がいる。

美味しいものを食べるのは誰でも好きだが、外で食べて美味しかったものをあれこれ復元するとなると誰でも、とはいかない。しかしこれが実に面白いのだ。

たぶん本家とはずいぶん違っているのだろうけど、いつの間にか我が家の定番になっているものもある。

### ◆たとえばオキナワンステーキ

むかし沖縄をレンタカーであちこち回ったとき、地元の人に教えてもらった国道沿いのステーキハウスの味が秀逸だった。カウンターは鉄板だけの実に大衆的なお店で、お客さんはまさに地元の人だけ。もう四十年も前の話で、ちょっと田舎に行くと、地元の人どうしの会話は聞き取れないほど訛りが強かった。

先にいたお客さんが店主と何か話している。よく聞くと「夜釣りに行ったら防波堤の先に幽霊が出た」というような話でしきりに盛り上がっている。

席に着いて注文するとカウンターにバターを溶かしながら「ニンニク大丈夫〜ぅ？」と優しい訛りで聞いてくる。「ええ、大好きです」と答えると脇の缶から荒ミジンに切ったニンニクをタップリとジャ〜ッ！　いやそんなにたくさん！と思ったが、ここにサイコロ状の牛肉を入れ焼きだす。鉄板の空きスペースで付け合わせの野菜を同時進行で炒める。これがまたユニークで、半月切りの玉ねぎスライスと青菜、それにポテトフライをミックスで。

「はい！」とそれぞれの皿に取り分け、「タレはそこね」とカウンターのポットを指す。タレを小皿に注ぐと「胡麻も入れるといいよぉ～」と容器を指す。摺り白胡麻が入っているのでスプーンですくって入れる。

「ステーキと聞いてたのにずいぶん違うなぁ。失敗したね」という表情の以心伝心で目顔の会話、タレをつけて口に運んでビックリ！　美味い！　すごく美味い！

タレは蕎麦つゆのような感じのものだが、これにバター、ニンニクの風味がついた肉や野菜をつけて食べると、えも言われぬ複雑な旨味が出て、アッと言う間に平らげてしまった。

帰ってからすぐ、舌が覚えているうちにと復元タイム！　こういう単純なものは僕の担当だ。醤油、砂糖、味醂《みりん》、酒などをベースに何とか似たようなタレができあがった。牛肉にニンニク、玉ねぎ、青菜、フライドポテト……。これをバターで炒めて作ったタレでいただくと！　うん！　美味い！　これだね！と二人で大盛り上がり！

以来、思い出したようにこのタレを作り、オキナワンステーキを堪能している。ただし何度、沖縄に行ってもあの店がどこだったのか思いだせない。それにオキナワンステーキというのさえ僕らの造語。店の名前さえも定かではないのだ。

そして何度も復元しているうちに、この味もかなり元とは違っているはずだ。なにしろレシピをもらったわけでなし、記憶だけが頼りの味の復元なのだから。

## ◆異国の味を居ながらに

海外に行って美味しかったものを復元するのも面白いものだ。むこうの市場やスーパーで、独特のスパイスなども買い込みアレコレ試行錯誤する。複雑な工程のものは、やはり妻の出番だ。

ここでは我が家の御馳走カレー「バングラディシュカレー」の話をしましょう。普段のカレーはジャガイモ、ニンジン、玉ねぎ、豚肉に市販のカレールー。昔ながらの家庭のカレーだ。

しかしこのバングラディシュカレーは、気合の入った本場の味だ。ただしバングラディシュにはまだ行ったことがない。インド、ネパール、スリランカなどいわゆるカレー文化の国には何度か行ったが、いずれも「帰って復元」というほど美味しいとは思わなかった。ところがこのカレーは違う。今や、我が家の大事なメニューになっているのだ。

ことの起こりは「時代塾」。

夜のラジオワイド終了後に担当した月〜金のテレビ番組。別の項で書いた通り、毎日、出先からの生中継で三十分、曜日別テーマのトーク番組だった。

そのなかで「異人たちの名古屋」という曜日は、名古屋在住の外国人の方にスポットを当て、職場やお宅などにお邪魔してトークするもの。

バングラディシュから留学して名古屋に就職したファラハットさんとはそこで知り合った。料理自慢の奥さん、チョンパさんのお国のカレーをいただきながら文化の違いなどを語り合う一編だった。このカレーが実に美味しかった。

海老、ビーフ、骨付きチキンの三種のカレーとカリフラワー、ポテトの温野菜、そしてサラダのメニュー。

三種のカレーは別の器に盛られ、自分の皿のゴハンの隅に少しずつかける。それを聖なる右手の、親指、人指し指、中指の三本で混ぜ合わせるのだ。肉も海老もバラバラになるまでコネコネと混ぜる。当然、味の違う三種のルーも混ざり合い複雑な旨味が生まれる。

カレーがなくなると、余ったご飯にまた三種のカレーを少しずつかけコネコネ、これを繰り返すのだが、一皿で何回も微妙に違う美味を楽しめる。

あまりの美味しさに後日、妻に伝授してくださるようお願いした。

ターメリック、コリアンダー、レッドペッパーをベースにジンジャーパウダー、ガーリックパウダー、ローリエ、クミンなど、スーパーで手に入るスパイスで作り方を教えていただいた。

家で復元してみたがなかなかの味。しばらくは家でも手で食べていたが、いつの間にかスプーンやナイフを使うようになってしまった。

お二人に長女が誕生したときは名付け親になってくれと頼まれ、ヒミコちゃんという大和な名前をつけて差し上げたりしたが、ご本人が転職、起業など忙しくなり、その後ずいぶんご無沙汰が続いている。きっとうちのバングラディシュカレーも本家とはずいぶん変わってしまっているだろう。

### ◆カレー王から届いたカレー

宗次徳二さんは名古屋・栄のクラシック専門ホール・宗次ホールのオーナー。

連日、内外演奏家の上質なクラシック公演を続けながら、講演で全国を飛び回る大忙しの毎日だ。

前身は、日本一のカレーチェーン、そして今や世界に打って出るカレーハウスCoCo壱番屋を一代で築いた立志伝中の人物。事業が軌道に乗り、経済人としても脂の乗り切ったとき、スッパリと会社を社員に渡し、かねてより夢だったクラシックの音楽ホールを建て音楽事業に専念している。

施設で育ち産みの親を知らず、育ての親も赤貧のなか、努力を重ねてここまで来た苦労人。ラジオの特番で取材させていただいたのが初対面だが、童顔の優しい風貌はどう見ても苦労知らずのお坊ちゃんで意外だった。ユーモアたっぷりの会話の妙手だ。

その宗次さんから荷物が届いた。タッパーに入ったお手製のビーフカレーが二パック、他に牛筋みそ煮などの常備菜も詰められている。

どんなに夜が遅くなっても、毎朝四時十五分には起き、ホール界隈の清掃から一日が始まる多忙の中、気が向くと徹夜でカレーを作ってプレゼントするのが趣味だとおっしゃる。

さてそのカレー王のカレー。

「どうだった？　遠慮なく言ってね。参考にするから」とのことだが、率直にウマい！　ＣｏＣｏ壱のカレーは、喫茶店時代の人気メニュー、奥さんのカレーがルーツ。それとはまた別のおいしさが宗次カレーにはあった。ほかの手作りおかずもなかなかの味。そう言うと「何が何グラムなんて計ってやんないでしょ。男の料理は感覚だから」とニッコリ。

まさにその通り！　と意を強くした料理男子コボリ。料理はセンスとイマジネーション！　そして自分で作ったものはなかなか美味いのだ！と舞い上がってしまったのだった。

## 家族の肖像

父に初めて会ったとき妻は「お父さん、美男子ね！」と意外そうに言っていた。妻のお母さんも「お父さんは美男子だったわね」とよく言っていた。じゃオレはどうなんだ？ということになるが、簡単に言うとあんまり似ていない。

父は顔の小さい彫りの深い顔、僕はその反対だ。今まで顔が小さいと言われた記憶は一度しかない。

新年恒例の日本ガイシホール「青春のグラフィティーコンサート」を見たリスナーさんからの感想メールだ。その中で、「生コボリさんを初めて見ましたが、お顔が小さいスラリとした方で云々」とある。オヤ、リップサービスにしてもずいぶん無理をして、と思ったが読み進めるうち合点がいった。「両どなりの、ばんばひろふみ、武田鉄矢のお二人に比べて」と書いてある。う～～ん、複雑な気分……。

写真を撮る若い女子たちは、人より一歩下がったり、顔の前に「イイェ～イ！」と両手を突き出す。これで小顔に写ろうというわけだ。それと同じ効果だったのかもしれない。いわば比較対照の問題だ。

さて、父は見ようによってはグレゴリー・ペックに似ていて、「ローマの休日」を見てきた出入りの芸者さんたちが、「料理さんに似ている！」と騒いでいた。僕はどう見たってグレゴリー・ペックには見えない。ちなみに、板長である父の料理は町で評判で、みんなに「料理さん」と呼ばれていた。

僕はどちらかと言えば叔父に似ていた。ペロンとした大顔だ。いつも和服姿の叔父は日本舞踊が趣味で、宴会や結婚式には「ご祝儀がわりに」と、踊りを披露していた。そして「舞台映えがいいだろう？」と顔が大きいことを自慢していた。そう、昔は小顔は貧相だとして負のイメージだったのだ。

今も年配の歌舞伎役者には大顔の人が多いし、昔の時代劇スターは例外なく顔が大きかった。画面でアップになったとき迫力があるからだ。「アップに耐える顔」こそスターの条件だったから、ロングで引いた画面になると五等身ぐらいでも誰も気にしなかった。そもそも昔の日本人のプロポーションは、だいたいそんなものだったのだから。

脚の長さやプロポーションが重視されるようになったのは、石原裕次郎が鮮烈なデビューを飾り、引いた画面で颯爽と歩く脚の長さが強調されてからだ。

「太陽にほえろ！」「西部警察」で、すっかり貫録をつけ大きな顔になってからの彼しか知らない世代の方たちには、ぜひ若く瑞々しい時代の作品「太陽の季節」の脇役、主演なら「狂った果実」「嵐を呼ぶ男」あたりをご覧いただきたい。納得がいくと思う。

すでに人気女優として、若い裕次郎を支えた北原三枝（のちに裕次郎夫人・まき子さん）も、八頭身で知的な風貌の、日本人ばなれした雰囲気で、日活映画の無国籍な世界にピッタリだった。近年、ご本の出版などで何度かインタビューさせていただいたまき子夫人は、ゆったりと素敵に年を重ねられ、変わらず魅力的でうれしくなったものだ。

さて顔の大きさに話をもどそう。

父は「父さんは父親似で、叔父ちゃんは母親似だ」とよく言っていた。たしかに鴨居にかかった祖父の肖像画は鋭角的な細面、祖母は卵型のポワンとした顔だった。

僕がもの心ついたころには二人ともすでに故人だった。母方の祖父母もすでに亡くなっていて、どこで何をしていた人かも知らない。

父方は石川県の七尾市の農家とは聞いているが、そこにも行ったことがない。大変な子だくさんで、父は末っ子の八番目、一つ上の兄、すなわち僕の叔父は七番目だったそうだ。

分ける田畑もないから、次男以下の兄弟はみな早くから独立して自活しなければならない。そこで叔父は風雲の志を抱き、新天地の北海道に渡った。ここでわずかの元手で商売をはじめ、めきめき頭角を現していった。

やがてもっと手広く商売するために、すぐ下の弟である父を呼び寄せ、二人三脚でさらに店を広げる。もともと味噌、醤油、酒、米などの販売をしていたのが、馬車で運ぶ人たちが店のわきで弁当を食べたりするようになる。そのとき漬物や汁物などを出すうち、仕事終わりに店先で一杯やる人も出始め、簡単なツマミなども出すようになって賑いだす。目端の利く叔父は「これからは食堂だ！」とひらめき、父に調理師免許をとらせて本格的な外食産業に乗り出した。

こうして兄は表方、弟は裏方の両輪で順調に業績を伸ばしていく。もともと目抜き通りにあった店、まだ商売敵もいないころで周りの土地を買い占めては店舗を広げ、商売は順調だった。

僕がもの心ついたころは料亭がメイン、その右横に、小上がりと寿司カウンターを備えた食堂があった。ここで夏は浜松から鰻を取り寄せ、通りに面した焼き台を設け盛大に煙を上げて評判になったのを憶えている。

料亭の中庭に木枠の浅い生け簀《いけす》が造られ、夏中、たくさんの鰻がニョロニョロ入っていた。手を突っ込んで遊ぶうち、ヌルヌルの感触が面白く、しまいに生け簀に入ってつかみまわって大騒ぎし、もの凄く怒られたものだ。なにしろ高価な鰻、当時はたぶん貨車便で運んだのだろう、そうとう死んだり弱ったりで、原価割れ覚悟の商売。子供の悪戯では済まされなかったはずだ。

二階の半分を「マデロン」というキャバレーに貸していたが、左隣はその入り口。キャバレーと料亭は中の階段でもつながっていたが、僕らが勝手にそっちに行くのは禁じられていた。

なんだか今にして思えばよく真っ当な人生を送れたものだと思う環境だったが、父も叔父も水商売なのに、とても硬い人たちだった。僕はたいへん可愛がられたが反面、人に迷惑をかけないように厳しくしつけられた。板場の若い衆、仲居さん、芸者さんたちにチヤホヤされがちな境遇、基本だけはピシッとしたかったのだろう。

だから、あんまり水商売育ちという実感はなかったのだが、父の葬儀のときに「なるほどちょっと違ってる」と自覚した。

父は厚生大臣（当時の）賞も受賞した腕一筋の人。調理師会の会長を務めたので、お弟子さんも多かった。仕事の関係者や友人たちも大勢集い賑やかな葬儀だった。大きな葬儀場だったが、通夜はびっしり布団を敷いてのお伽《とぎ》になり、喪主夫婦の僕らは横になってもなかなか眠るわけにはいかなかった。なにしろ元気な盛りの板前さんたちだ、はじめは殊勝にお参りしたり、思い出話で一杯やっていたが、だんだん勢いがついてくる。

しまいにはあちこちで花札の御開帳となった。妻は教育者のお堅い家の子、こりゃあヒンシュクを買うなぁと思っていたが、案ずるよりも産むが易し。「映画みたい！」と面白がっている。

そのうち夜も更けて寝入ってしまったが、「お兄ちゃん、お兄ちゃん」と肩をゆすられて目を開けると顔なじみの板さん。「すんません、負けこんじゃってさぁ、明日、一番で返すから、そこからちょっと曲げて、ね！」と枕元の金庫を指す。「え〜ッ、イヤ、そりゃいかんでしょう。これ、お香典だからバチ当たるよ」とやんわり断り、友だちに借りるようアドバイスした。父はこういう人たちを使っていたんだから、温厚そうに見えて結構たいへんだったろうなぁとも思った。

母は病弱で優しい人だったが、不規則な生活の父を支える気丈な人でもあった。そんな父と母の遺伝子がミックスされて僕ができあがっているわけだ。

父は濃い顔のぶん、髪も髭も濃い人だったが、母は皮膚の薄い、色の白いアッサリした顔の人。髪も真っ黒ではなく茶色がかっていた。僕の顔立ちと皮膚の感じは母似、体型は父に似ている。そして年によって、父に似てきたり母に似てきたりする時期があるから人のＤＮＡとは面白いものだ。

## 年は取っても広がる世界

最近、若いころには縁のなかったジャンルからお声がけいただいての仕事と出会いが増えた。だから、年を取るのも面白いものだ。それに初めての仕事はドキドキ感が特別だ。なまじキャリアが長くなると、慣れたことだけに胡坐をかいてしまう人が多いが、それではもったいない。やったことのないことをやってみれば、もう一つ自分の殻を破ることができるかもしれない。

「わざわざリスクをおかさなくても」と言う人もいるが、そんなに守りに入らなくてもいい。いくつになっても、初めてのことをやるときは初心者なのだから。それに失敗して恥をかくということは、「まだ伸びしろがある」ということだし。もちろんプロとしてのプライドがあるから、失敗しないよう万全の努力はするけれど。

さてコボリ、音楽が得意ジャンルと思われている。若い時から音楽番組が多いし、古今東西、和洋中華、ロック、フォーク、Ｒ＆Ｂ、演歌にＡ級、Ｂ級、Ｃ級ソングと幅広く取り上げ、素人バンドもやっている。しかし、実はかなり偏っていた。いずれも流行歌、ポップスのジャンルで、クラシックは苦手だった。

ところが、還暦を迎えるころからクラシックの世界から声をかけていただき、少しずつ勉強すると、これがなかなか面白い！

始まりはクラシック専門の施設「宗次ホール」から、「クラシックの演奏家とトーク＆セッションで何かやりませんか？」というオファー。

こんな素人が何をか語らんや？とお訊きすると「いえいえ、素人おおいに結構。クラシックの持っている堅苦しい、めんどくさい、おもしろくないというイメージをコボリさんの視点でやわらかく」という。

「それは面白そう」と、さっそくお会いしてミーティング。ま、僕の場合、だいたい雑談になってしまいますが……。

「敷居を下げて間口を広げよう！」というコンセプトで一致した。考えてみればクラシックは実に生活に浸透しているのだ。

たとえば、子供のときから聞いていた「カステラ一番、電話は二番、三時のおやつは文明堂〜」というCMソングは、オッフェンバッハの「天国と地獄」。

では、太田胃酸のCMバックに短く流れるピアノ曲は？　ショパンの「プレリュード前奏曲第七番イ長調」と聞くと仰々しいが、「イ長調だから胃腸薬に使う」という発想はオヤジギャグの世界。そう思うと、クラシックが急に可愛く見えてきた。

そうそう、カテリーナ・ヴァレンテでヒットし、ザ・ピーナッツがカバーした「情熱の花」はベートーヴェンの「エリーゼのために」だ。これは「キッスは目にして！」というタイトルで、ザ・ヴィーナスがリバイバルヒットさせ、時代を超えて愛されている曲だ。

よく御一緒した平原綾香さんの「ジュピター」はホルストの「惑星」のなかの曲だし、ヒップホップのＳＥＡＭＯ《シーモ》の「Ｃｏｎｔｉｎｕｅ《コンティニュー》」という曲のなかでは、エルガーの「威風堂々」を使っている。この曲はかつてイギリスのアイドルロックグループ「ベイ・シティ・ローラーズ」がテーマソングとして使っていたっけ。そう考えると「な〜〜んだ！　オレ、けっこうクラシックと付き合いあるじゃん」と急にいい気になってしまった。

「そうそう、そんな感じでいきましょう！」ということで、話はとんとん拍子に進み、これを入り口に、ピアノの方と掛け合いでトーク＆演奏。そして後半は、西洋のクラシックと日本の古典「枕草子」の朗読。なかなか楽しいコラボステージができあがった。

これが好評で、「キラキラ気楽にクラシック」というシリーズになった。

バイオリン体験では「キラキラ星」を弾き、声楽体験ではソプラノの方とテノールでデュエット、といった具合に、毎回、宿題が出され、四苦八苦しながら自分も楽しんだ。

これがきっかけで、古楽器で再現する「戦国武将が聞いた西洋音楽」の語りなど、シリーズ以外のコンサートにも参加させていただいた。

市民公募小説の受賞作「矢田川のバッハ」の朗読では、チェンバロ奏者の方とコラボし、これがきっかけで、今年はバロックオペラ「ポッペアの戴冠《たいかん》」という作品の前解説をすることになった。

バロックオペラとは、今、上演されているオペラより百年ほど昔、オペラ黎明期の作品たちだ。日本でいうと関ヶ原の戦いのころだ。

「ポッペアの戴冠」はそのバロックオペラの最高峰といわれる作品だが、内容はヒドイ。何がヒドイって、話がムチャクチャ。

まず愛の神アモーレが「愛こそは全て、愛が勝つ。愛こそが全て。愛の為なら何でも許される」と高らかに歌い上げて幕が開く。

タイトルのポッペアはこの話のヒロインの名前。これが皇帝ネロと結ばれ、王女として冠を手に入れる話だが、彼女はネロの部下・騎士長オットーネの妻なのだ。これに横恋慕《よこれんぼ》した好色なネロは、騎士長を辺境に左遷し、その間にポッペアをいただいてしまうのだ。

ポッペアがまた野心家で、自分が皇后の座を得るためネロをそそのかし、邪魔者は消せと陰謀の限りを尽くす。ネロの妻である皇后、自分の夫、それを戒める忠臣をことごとく葬り、王冠を手に入れる、という話。

今ならこんな悪人は天罰てきめん、それ相応の報いを受けて終わるのだが、バロックオペラはそうじゃない。運命よりも美徳よりも、愛こそがこの世を支配するのだ、と高らかに歌い上げて幕を閉じるのだ。ヒドイ、あまりにもヒドイ！

しかも好色で残虐な暴君ネロを演じるのはなんとソプラノの女性なのだ。

これにはバロック時代の音楽界を知る必要がある。当時の花形歌手はカストラートと呼ばれる去勢された男子。

教会の聖歌隊で女性が歌うのは禁じられていた時代、女性パートは声変り前の少年がボーイソプラノで歌っていた。そのなかでも才能のある子は、一獲千金を目論み、去勢してソプラノのプロ歌手をめざした。これがカストラートだ。上流婦人の浮気相手としても、妊娠の心配がないため重宝がられたようだ。もちろん今はそんな人はいないから、その声域の女性ソプラノが歌うのだ。いやはやバロックオペラは二重三重にヒドイ話が満載だ。

ぜひ見たいでしょう？　いやはやクラシックはなんと奥が深いことよ！

クラシックと並んで、シャンソンも敷居が高くなってしまった。

かつては日本でも一大シャンソンブームがあったのだが。それが今では一部の高尚なファンのもの、と思われているのはもったいないことだ。

シャンソンこそ愛の歌。下世話な色恋から大きな人間愛、そこから生まれる反戦の願いなどこちらも奥が深い。

シナトラでお馴染みの「マイウェイ」も実はシャンソン。フランスで国民的人気歌手だったクロード・フランソワの代表作だ。この人もなかなかにムチャクチャな人で、子供ができたことが知られると人気が下がる、と子供を二階に隠したまま暮らしていたなど、いろんな逸話がある人。

あげく風呂に入っている時に停電したため、裸で電球を持って調べていて感電死してしまった。まだ三十九歳のことだった。今から三年ほど前「最後のマイウェイ」という彼を描いた映画が封切られたからご覧になった方もいるだろう。

そんな話を面白おかしく教えてくれるのが、日仏シャンソン協会日本支局長の加藤修滋さん。シャンソンのライブハウス「カフェ・コンセール・エルム」のオーナーだ。自らピアノを弾き歌う方だが、近年、筋力が落ちる難病になられた。しかし強靭な意志と回復力で、見事に復活したのには驚きだ。

何度か名古屋パリ祭の舞台で進行役を引き受けたのがご縁で、シャンソンに興味を持った。

そして、今年はまた違ったシャンソンとの出会いがあった。

一世を風靡したシャンソン歌手・平乃たか子さんのステージだ。

平乃さんは認知症を発症して以来、ステージから遠のいていらしたがご主人の献身的な努力で、ステージ復帰を果たした。それが今から二年前。以来、年一回のコンサートをされていて二〇一六年の今年が三回目。今回は詩劇とシャンソンのコラボというわけだ。たか子さんの歌に、新劇をやっていらっしゃる女性と僕の朗読がからむので、きっかけが複雑だ。

「大丈夫かしら?」という声もあるなか、ぼくもキンチョーの初顔合わせだった。しかし予想以上にスゴイ！「昔取った杵柄《きねづか》」とはよく言ったもので、イントロが流れるとスッと歌が出る。練習はご自宅で一回きり。一カ月後に本番ステージとなった。

朝のリハのあと二回公演だったのだが、その朝のリハが、場踏み、おさらいといわれる流れときっかけを確認するものかと思ったらフル尺ですべて通す。けっきょく都合三回やったことになる。シャンソンは歌と語りがまじりあう演劇的要素が強いが、この日も歌うように語り語るように歌う。フランス語の歌詞も淀みなく出てくる。こっちがタジタジの迫力だ。さすがに声量や音程には年齢を感じるが、八十歳を過ぎた認知症の人とは微塵も思わせないステージだった。

全体の進行役をされたのがCBCの大先輩・荒川戦一アナだが「年々良くなってるよ」とビックリしておられた。

CBC―TVのプロデューサーだった、たか子さんのご主人は「でも大変だよ。炊事洗濯、みんな僕がやってんのよ。何にもできないんだもの。でも歌ってるとあんなに元気なんだから、毎年やってあげようと思ってさ」と笑っていた。

年を取るとできることは減っていくけれど、それを嘆くより、まだできることを楽しむってことも素敵だなぁと、つくづく実感した。

年は取っても広がる世界はまだまだあるものだ。

**いま何時？　そうね、だいたいね……**

人生時計って聞いたことがありますか？

人の一生を二十四時間時計に例えて今、自分の人生は何時ごろなんだろう？と確かめるものだ。

時間の出し方は実年齢を三で割る、という単純なもの。例えばわかりやすく十五歳なら割る三で五、つまり午前五時というわけだ。なるほど、まだ夜明け前、若さにふさわしい時刻だ。これから時間はたっぷりある。ゆっくり起きて目いっぱい明るい時間を謳歌できる。

同じように二十一歳なら割る三で七、午前七時だ。「さあ、これから楽しい一日が始まるぞ！という時間。まさに青年にふさわしい時刻ではないか！

これは昔見たVシネマかなんかに出てきた話で、実年齢割る三で端数が出る人は、○時○分、と分針まで考えるといい。なるほどなぁと思ったが、待てよ！　若いうちはいいが、だんだん年を取っていくとおかしなことになる。

たとえば六十六歳の僕だと三で割って二十二時、つまり夜十時。そろそろベッドか？いやいや寝てる場合じゃない。残りあと二時間！　寝てるうちに死んじゃうぞ。

つまりこの考えでいくと七十二歳で二十四時、つまり人生終わりってことになる。

今の世の中、まだまだ元気バリバリの人がいっぱいいるじゃないか。

そのVシネマはそんな先のことは言ってなくて、話の流れでセリフに出てきただけだ。

### ◆七十二歳が還暦

そこでここからは僕のオリジナル。二十四時、つまり七十二歳こそ還暦だと考えましょう！

六十歳が還暦という考えは「人生五十年」時代のもの。そこからさらに十年も生きたんだから大儲けじゃないか。しかも干支が五周りと区切りもいい。それで六十歳を暦が還る、つまり還暦として人生リセット。そのあとは赤ちゃんに帰り、赤いちゃんちゃんこにずきんでお祝いし、また次の一歳から楽しみましょう、ということなのだ。

だから二十四時の七十二歳を現代の還暦として、そこから二日目の人生を楽しみましょうというのが僕の提案。七十二歳は干支が六周りで区切りもいいでしょ？

それに今までインタビューしたゲストのなかで最年長の、きんさん、ぎんさんは百歳からのメジャーデビュー。それまではもう長い間、別々の人生を歩んでいたのだから。それが百歳の敬老の日に、市や県から長寿のお祝いを受けた。しかも双子の姉妹で名前が「きんさん、ぎんさん」。そりゃあ話題性じゅうぶんでマスコミが殺到、しかもお二人のあのキャラだから一躍、国民的人気者になった。

そこからは皆さんご存知のとおり。テレビ番組に引っ張りだことなったわけだ。そこで得たギャラは「お返しに」と、年末には毎年、地元テレビ局を回って、歳末助け合いに寄付するようになった。ＣＢＣでは毎回、僕がお出迎えして番組にも出ていただいた。

こうしてそれぞれ、百七歳、百八歳で天寿を全うされた。六十歳の還暦からだと第二の人生を四十七、八年楽しんだわけだ。つまり人生時計の二日目を目いっぱい楽しんだというわけだ。これはなかなか元気の出る話ではないか！　きんさん、ぎんさんには及びもつかないが、せいぜい元気で長生きしなくっちゃ！　人生時計はまだ一日目の夜なのだから、と思う。

さて時計といえばショックだったのが「地球平和監視時計」だ。今年、アメリカのオバマ大統領が歴史的訪問を果たした、あの原爆資料館にある時計だ。

時計といっても時刻ではなく、世界で最後に核実験がおこなわれた日からの日数を示すもの。北朝鮮が建国記念日の九月九日に核実験をしたため0にリセットされた。オリンピックの余韻に浸り、パラリンピックへの期待感にワクワクしていた気分に冷水を浴びせられたものだ。そして、その前に0だったのは、やはり北朝鮮による核実験の日、今年一月六日のことだった。

この時計とよく混同されるのが、「世界終末時計」だ。別名「運命の日の時計」。0時をさした時がこの世の終わりと定義している時計だ。

ノーベル賞受賞者など世界的科学者たちが定期的に協議して時間を出す。これをアメリカの科学誌「原子力科学者会報」の表紙にイラストで発表しているものだ。そしてそのオブジェはシカゴ大学に置かれている。ここは世界初の原爆を開発した場所だ。

広島・長崎の原爆投下から二年後、科学者や政治家のおごりを戒め、人類全般に警鐘を鳴らすのが目的で始まったのが世界終末時計。時計の針は世界情勢で毎年、進んだり戻ったりを繰り返している。

かつては核戦争の脅威を時間の目安にしていたので、東西冷戦、軍拡競争、キューバ危機、ソ連崩壊やベルリンの壁崩壊などで針は行きつ戻りつした。

時は流れて八十九年からは、世界的な気候変動、環境汚染、自然災害の頻発なども協議内容に入るようになった。加えて昨今は、ＩＳなどテロの脅威も侮れない。資本主義と社会主義の理論的対立に、理屈抜きの宗教対立が絡んで三つ巴の図式になってきた。

そしてチェルノブイリや福島の原発事故など、兵器以外の核の脅威も終末時計の協議案件として考慮されている。

さて世界終末時計はいま何時だろう。今年一月二十二日に発表されたこの時計の時間は十一時五十七分。残り時間はあと三分だという！　なんてこった！と思うが実はもっと0時に近い年があった。

アメリカと当時のソ連が相次いで水爆実験に成功し、軍事力競争にのめり込んでいった一九五三年だ。翌年、アメリカがビキニ環礁で行った水爆実験では第五福竜丸が死の灰を浴びた。

この年に公開された「ゴジラ」第一作は、核実験の放射能で生まれた怪獣の悲劇と、戦後間もない日本が描かれた傑作だ。反戦、反核を描いたこの映画のＤＮＡを受け継ぐ「シン・ゴジラ」が今年、封切られたのは歴史の必然だろうか？

なにしろ北朝鮮は移動式ミサイル実験を矢継ぎ早に繰り返し、今年二度目の核実験にも成功した。これに小型化した核弾頭をつければ、どこからでも、いきなり先制攻撃ができると専門家は分析する。これではアメリカの抑止力もアテにならない。

金正恩を危険なオモチャを手に入れた子供のように言う人もいるが、それは甘い。カダフィー、フセインといった独裁者がアメリカに潰されたのは核を持っていなかったからだ、と言う理屈を彼は見抜いている。

今や終末時計の委員も予測不能な複雑で厄介な世界になってしまった。

世界の賢者は時計の針を戻すことができるだろうか？

ここまで書いてどっと疲れて腹が減ってしまった。ああ、腹時計のなんと単純で平和なことだろう。

せっかく人生時計の二日目は何をして遊ぼうかと考えているのに、いきなり終末時計が０時になるのだけはまっぴらごめんだ。

# おわりに　―ポジティブの種―

冗談半分だとは思うが、「生まれ変わったらコボさんになりたい」と言う人たちがいる。たぶん「いつもノンキでいいよなぁ」という冷やかしのニュアンスも入っているだろうが、それだけシアワセそうに見えるわけだからいいことだ、と前向きに受け止めている。

しかし、どんなに順風満帆に見える人にも、努力が報われないときや、理不尽な目に合って歯ぎしりしたことがあるはずだ。僕にだって「もはやこれまで！」と思った崖っぷちのときが何度かあった。

ただ、そんなときは一人で抱えこまないこと。必ず誰かに言うこと。僕の場合は妻だ。そしてともかくメシを食う。ありがたいことに妻のメシはいつも美味い。メシが食えれば大丈夫。食えば眠くなる。そうやってとりあえず一晩寝れば、朝にはいくらか気が軽くなる。そして朝ご飯を食べればもう少し元気が出てくる。元気が出れば笑顔も出るし、笑顔が出れば知恵も出る。笑顔のある所には人が集まる。人が集まれば力を貸してくれる人も出てくるものだ。

こうやって、その都度、困難を乗り切ってきた。

こう話すと、「イヤイヤ、ほんとに落ち込んだら寝られんでしょう?」「メシも喉を通らんでしょう?」「食えて寝られること自体、たいして落ち込んでない証拠でしょう?」などなど、反論がいっぱい出た。

う〜〜ん、そうか。でも、あんまりメシがノドを通らん日が続くとしまいに腹が減るでしょ? あんまり寝られん日が続くと疲れて眠くなるでしょ?

そのとき食べ、そのとき寝ればいいんじゃないかと思う。

むかし何かの時代劇に「明けねえ夜と止まない雨はねぇ」というセリフがあった。根が単純な僕は、「これこそ人生の真理」と妙に感動したものだ。諦めなければ何か光明が見えてくるものなのだ。

ウジウジめんどくさく考えたり、日本的な根回しをしたり、策を巡らせたりは苦手。生き方の基本はもっとシンプル、どうしたら自分が楽しいか?ということだ。

サラリーマンをやってると節目節目で、「こっちの方が得だよ。君のためにこのレールが敷いてあるよ」と声をかけられる場面があった。

そして確かにそうだろうけど、「でも、なんかイヤだなぁ、面白くなさそうだなぁ……」と思うときは、結局、自分の好きなほうを選んできた。その結果、今の僕がいるわけだ。

自分の選択の結果、ちょっと冷や飯を食ったって、たかが知れている。けっきょく自分が楽しいほうが幸せに決まってる。ほら、楽しければ笑顔が出るでしょ? イヤだけど得になるからと選んだ生き方には笑顔がない。それじゃ人間、前向きになれない。

人は誰でも心の中にポジティブの種とネガティブの種を持っている。どっちを大きく育てるかは自分次第。どうせならポジティブの種にいっぱい水をやって笑顔の花を咲かせたいじゃないですか。僕は今までそうやって生きてきました。

そして気が付けばアッと言う間に六十六歳。

この本にお付き合いくださったあなた。どうか、あなたの心のポジティブの種からも明るく大きな花がたくさん咲きますように!

そして、番組で、舞台で、イベントで、そのほかいろんなシーンで……お互い笑顔でお会いできますように!!

二〇一六年十二月吉日　小堀勝啓

小堀 勝啓（こぼり かつひろ）

フリーアナウンサー。日本ペンクラブ会員。

1950年、北海道帯広市に生まれる。名古屋市在住。北海道とかち観光大使。CBC(中部日本放送)入局後、「今夜もシャララ」「わ！WIDE」「ミックスパイください」など数々の看板番組を担当。「わ！WIDE」は当時中高生を中心に一大旋風を巻き起こし、社会現象にもなった。多くの芸能、音楽関係者からの信頼も厚い。「ミックスパイください」では、「番組指名」で出演依頼も多く、ジャッキー・チェンや、GLAYなどの生出演で、ローカル局を超えた番組に育て上げる。1986年、雑誌「ラジオパラダイス」DJランキングでは、局アナでありながら、数々の大物タレントをおさえ、年間1位になり全国から注目を集めた。その等身大な語りが視聴者やリスナーの共感を呼んだ。

現在はラジオ番組「小堀勝啓の新栄トークジャンボリー」（CBC/毎週日曜日）「文化楽々」（CBC/毎月第一金曜日）にレギュラー出演している。そのほか、ナレーション、司会、講演、朗読、ステージライブなど多方面で活躍。

2016年、素敵に歳を重ねる生き方を先駆的に実践している人に贈られる「名古屋グッドエイジャー賞」のひとりに選ばれた。

「月刊なごや」「月刊とうかい食べあるき」にエッセイ、食紀行を連載中。

著書に『とにかく名古屋がパラダイス』（海越出版社）、『脱線アジャパー王国ニッポン』(TIS)、『パラダイスカフェ』『パラダイスカフェⅡ』『パラダイスカフェ・赤本』『パラダイスカフェ・青本』（名古屋流行発信）がある。

桜山社は、
今を自分らしく全力で生きている人の思いを大切にします。
その人の心根や個性があふれんばかりにたっぷりとつまり、
読者の心にぽっとひとすじの灯りがともるような本。
わくわくして笑顔が自然にこぼれるような本。
宝物のように手元に置いて、繰り返し読みたくなる本。
本を愛する人とともに、一冊の本にぎゅっと愛情をこめて、
ひとりひとりに、ていねいに届けていきます。

幸せを声にのせて
―今日も明日もアナウンサー―

２０１６年12月24日　初版第１刷　発行

著　者　小堀勝啓

発行人　江草三四朗

発行所　桜山社
〒４６７-０８０３
名古屋市瑞穂区中山町５-９-３
電話　０５２（８５３）５６７８
ファクシミリ　０５２（８５２）５１０５
http://www.sakurayamasha.com

印刷・製本　モリモト印刷株式会社


ISBN978-4-908957-00-0 C0095